新安小语

心焰 —— 著

时代出版传媒股份有限公司
安徽文艺出版社

图书在版编目（CIP）数据

新安小语/赵焰著. —合肥：安徽文艺出版社，2023.1
（倾听皖美）
ISBN 978-7-5396-6643-3

Ⅰ. ①新… Ⅱ. ①赵… Ⅲ. ①散文集－中国－当代 Ⅳ. ①I267

中国版本图书馆 CIP 数据核字(2022)第 048589 号

出 版 人：姚 巍
策　　划：张妍妍　　姚爱云　　责任编辑：张妍妍　　姚爱云
融合编辑：姜婧婧　　李雪颖　　装帧设计：张诚鑫

....

出版发行：安徽文艺出版社　　www.awpub.com
地　　址：合肥市翡翠路 1118 号　　邮政编码：230071
营 销 部：(0551)63533889
印　　制：安徽新华印刷股份有限公司　　(0551)65859551

....

开本：787×1092　1/32　印张：7.375　字数：80 千字
版次：2023 年 1 月第 1 版
印次：2023 年 1 月第 1 次印刷
定价：38.00 元

....

（如发现印装质量问题，影响阅读，请与出版社联系调换）

版权所有，侵权必究

目　录

序　曲 …………………… 001

源头大美 ………………… 016

右龙 ……………………… 030

月潭、五城 ……………… 037

齐云之魅 ………………… 048

万安 ……………………… 065

屯溪 ……………………… 077

篁墩 ……………………… 083

花山谜窟 ………………… 093

四水归一 ………………… 101

呈坎 ……………………… 111

仁里 ……………………… 121

徽城镇 …………… 130

石潭 ……………… 137

渔梁 ……………… 142

一江春水 ………… 148

三潭 ……………… 153

深渡 ……………… 159

奔向大海 ………… 165

徽州的年 ………… 178

徽州的鲜 ………… 188

徽商与狮子头 …… 201

黄山的茶 ………… 212

绿衣仙子入凡尘 …… 226

序　曲

一条大河是有灵魂的。

有很多次,我站在新安江边,端详着眼前的流水,安安静静地聆听她的倾诉。她的声音从来都不是简单枯燥的,相反,她复杂、雄浑,同时又纤细入微,像音乐一样隽永深邃。我更愿意把这样的河流当作一部伟大的交响曲,而这样的交响曲,与时间长河一样,是拥有生命的。在皖南,新安江无与伦比。无与伦比是指她对这块土地的影响力:她可以说是一条女性的河,也可以说是一条男性的河。说她是女性,是指她养育了徽州,她给徽州以哺育,给徽州以宽容、博大、细腻、温柔等品质,她是徽州的母亲河;而从另外一重意义来说,她又是男性的河,她同样给徽州以财富、勇敢、无畏、智慧等许许多多东西。她始终以她的活力服务于人类,也服务于徽州,似乎从诞生的那一天起,就与徽州有着永世情缘。

新安江是徽州的血脉。对于徽州来说,她的成长史,也就是新安江自身的成长史。我们还可以把新安江称作徽州文明的月亮河。说月亮河的意义在于,这一条河流赋予了徽州潜质,也给予了徽州很多观照。她所具有的,是月色般干净而明亮的神性。这样的情景就如夏夜里的月色,静谧、通明,更显诗情画意。新安江不仅对徽州的自然和文化有巨大的影响,同时可以说,这条秀美异常的河流也赋予了徽州人文的意义。假如没有新安江,这块土地会呆板很多。新安江使得徽州有了灵魂,也有了无限的内容。

新安江同样给予徽州归宿感。时间是一条河流,同样,河流也具有时间的性质。这样的归宿感,在某种程度上,与生命的本源、时间一脉相通。从绝对意义上说,时间从未流向我们,我们总是逆流而上。现在只是未来转变或溶解为过去的那一刻。从时间的意义上说,从来没有现在,现在转瞬即逝。当然,这样的时空概念,听起来未免有点形而上,但我们总是躲避不了这样的人生命题。赫拉克利特说:"人不能两次踏进同一条河流。"这句话一直有很多解释。这些解释,都是有关时间、静止或者存在的。但不可否认的一点就是,人类总是与河流有着一种亲近感,一条真正的河流,是会导引人们回到快乐老家的。

正是因为这种本质上的潜在意识,很小的时候,当我第一眼看到新安江时,我就感受到这条河流的亲切。十几年前,我还是一个懵懂少年,曾经有一段时间,我就在新安江边的屯溪工作。有一年春天,我曾经沿着新安江溯源而上,往率水方向,一个人骑车行走,一直骑到山附近。新安江两岸一派美景,近山滴翠,远山如黛,蜂飞蝶舞,鸟语花香。我一路走一路看。我的身边是静谧而温柔的春水,而更远一点,山坳里密密的树林边,掩映着白墙黛瓦。这样一幅清新美丽的自然风景,就随意地散落在我的身前左右,天地之中一派明媚春光。

  我当时看得如痴如醉。当然,对于年轻的我来说,除了如诗如画的感慨之外,对于世界,思想尚不具有穿透力。我只是单纯地欣赏新安江两岸的美景。那时的新安江整洁而干净,不像现在,在美景中总掺杂着随处可见的垃圾,就如同人的皮肤上不时呈现出一个又一个癣斑。在这次行走新安江的过程中,我最切身的感受就是,对于当代农村来说,严重的垃圾污染已成为一个迫在眉睫的问题,虽然我一直不太愿意提及这样的事情,但我回避不了。我不得不说,我们的河流正遭受着前所未有的污染,我们的"血管"正在遭受一场癌变,无论如何,我们都必须想想办法开始一场脚踏实地的拯救运动了。

新安江流域几乎覆盖了整个徽州。从地貌上说,徽州是一个大盆地,它四面环山,北面是黄山山脉,南面是大彰山山脉,东面是天目山山脉。这样的地形、地貌,使得徽州在水系上形成了一个很奇怪的现象,那就是,"一府六县"几乎所有的水系,都流向新安江,然后流入浙江境内,最后归于东海。这样的现象,真的是"肥水不流外人田"。如此，也就形成了徽州在自然和文化意义上的相对完整，无论从哪方面来说，它都是一个整体，具有相对独立的意义。

从另一个角度来说，河流又如同人一样。人从嗷嗷待哺到独立行走，直至长大成人，在不同时期、不同的地方，会有一些不同的称谓，比如说乳名、小名、学名、大名，甚至某种笔名和职务，等等。新安江同样如此。当她发源于休宁与婺源交界处的六股尖时，她有一个乳名，叫冯源，那是因为源头的位置在休宁县冯村乡境内；然后，在此之下，她被称为大源河；再然后，她又被叫作率水。在屯溪，横江流入了率水。横江，同样也是新安江上游一条重要的支流，从屯溪的率口往下,一直到浦口,这段河流被称为渐江。在浦口,渐江与练江交汇。练江是新安江最重要的二级支流。在练江这一段当中,有几条重要的三级支流汇入,她们分别是丰乐河、富资水、扬之水。练江在浦口与渐江交汇后,往下,河流就被称为新安江了。新安江一直往下流,在歙县的深渡,新安江注入千岛湖,也就是新安江水库,然后,跌出大坝到达浙江境内,先是被叫作桐江、富春江,到了杭州闻家堰,这条河流又改叫钱塘江。在激起一片钱塘潮之后,这条长达千里的河流,最后浩浩荡荡地汇入东海。

应该说,新安江,乃至在此之下的桐江、富春江、钱塘江,对皖南、浙江乃至东南沿海地区的影响是巨大的,就如长江对中国腹地的影响一样。在我看来,新安江最重要的是她有着一种广泛意义上的文化作用:新安江所具有的,是一种开放的意义。因为她一直奔腾到海,在她的流域中,可以感受到那种清新的海洋之风,她使得整个皖南和浙西地区变得开放,也变得灵动。由于新安江川流不息,那种由新安江所带来的清新之风,以及文明的积淀,使得两岸广大地区慢慢地蜕去了山野的莽荒之气,形成了自己独特的风格,也形成了人与天、人与地、人与人相对和谐的局面。

新安江是一条在徽州人生命中流淌的河流,也是令徽州人魂牵梦绕的河流。对于这条横贯徽州的河流,几乎每一个徽州人都有着深深的情结。

我们在休宁探访时,见到了85岁的休宁师范进修学校的退休教师金家琪先生。金家琪先生在退休前一直教授地理,编撰过有关徽州地理的教科书。他写得一手好文章,对徽州文化异常熟悉;同时,他还刻有一手漂亮的版画,20世纪60年代他就是中国美术家协会会员。对于金家琪老先生来说,新安江一直是他人生中一个色彩斑斓的梦。他一生中一个重要的心愿就是自己带着帐篷徒步新安江进行考察,考察新安江的水利情况、地理情况、人文情况,甚至包括动植物情况。20世纪80年代,退休之后的金家琪先生终于有时间着手这项工作了,他买了帐篷,也购买了详细的地图,准备跟儿子一道走进新安江的源头。但因为金家琪先生想买两支猎枪一事受阻,于是整个计划搁浅。现在想起来,金家琪先生也觉得很后悔,但毕竟,他也没有办法。如果没有猎枪,是不可能进入深山的,当时的新安江源头是野兽出没的地方。金家琪先生的心愿,实际上也是每个徽州人的心愿,因为每个徽州人,都知道新安江的地位,也知道自己与这条河流的血脉联系。

从本质上来说,新安江流域的徽州一直建立在一种罕见的自然美与社会美的交汇之上。她在漫长的历史阶段中一直持有一种敏感而积极的态度,并且因汲取自然美和社会美而改变了很多。在数千年的历史进程中,徽州可以说是一点一滴地逐渐形成的,从淳朴到恬静,由原始到富庶,从华彩到淡雅。徽州的变化,可以说是时间的积累和沉淀,它不仅仅是经济上的,也是历史文化和人文意义上的。如果把徽州已有的历史分为幼年、壮年和老年的话,那么在徽州的幼年时期,她一直处于淳朴的农耕状态,日出而作、日落而息,遍享生命的真谛。而在她的壮年时期,意义开始进入社会生活,一方面,人们由创造开始沐浴文化的光华;另一方面,财富和道德一起,开始进入人们的生活并且囤积,人们利用财富和道德,也受制于财富和道德。而在她的晚年,当现代化慢慢走近之后,农耕社会的徽州开始破落,破落得如悬挂在天宇上的一弯残月,冷清、孤独,一直缅怀着昔日的时光。在她面前车轮滚滚,而她却一直无奈,无奈地看着日出日落、花开花谢。在这样的状态中,徽州自始至终都有着混沌初醒的成分,当徽州努力从历史中睁开双眼的时候,虽然眼前一片阳光灿烂,但在枕边,依稀留下的,却是呓语旧梦的水渍。

正因为如此,我们在这个春天里所进行的沿着新安江的探访和行走,不是为了讲述一个旅行故事,也不是为了复述历史。我们不是沿着河流单纯地行走,而是在跟随河水进行一次时间的旅行。这样的行走,它最主要的对象是人,是自然,是文明,以及人的欲望和追求。自然美不是我们的侧重点,我们的侧重点是寻找自然与文化之间、现实与历史之间,甚至虚与实之间若有若无的联系。这样的行走是有意义的——与笔端相比,更看重脚步;与文章相比,更关注生命;与现象相比,更关注本质。我们的目的是更全面、更深入地接近徽州。从总体上来说,徽州可以说是一个复杂无比的结合体——没有自然徽州,就没有烟火徽州;没有烟火徽州,就没有文化徽州;没有文化徽州,就不可能有历史徽州;没有历史徽州,就不会有思想徽州……而这些,都与新安江紧紧地联系在一起。

是新安江水在牵引着我们,让我们踏上一条文化之旅和精神之旅。这是我们在这个春天里的一次远行,尽管这个季节一直具有某种诱惑力和欺骗性,但还是有很多的真实展示在我们面前,我们会因此有很多感悟喷薄欲出。

让我们从新安江的第一滴水开始寻找,寻找徽州无所不在的暗藏,同时也开始某种意义上的真正远行。我们不是过去的信徒,不是时间的奴隶。我更愿意在这样的春天——新安江两岸黄花恣意开放,让我书生的青衫在扑面而来的历史与现实之风中如旗帜一样飞扬。

而这样的行走,更像是一次对徽州自然、文化与历史的朝圣和探源。

源头大美

一条美丽的河流总是有一个诗意的开头。

六股尖,地处休宁县冯村乡,海拔1629.8米,北纬29.34°,东经117.45°。

山影远远的,虽只是天际的一抹黛色,却一直呈龙马奔腾状,极富气势和动感。在山影的最高处,隐约可见一山峰,巍峨耸立,那就是六股尖,是新安江的源头。

考证出六股尖是新安江的源头,也只是近年的事。实际上关于新安江的源头,在很长时间里一直有争论。宋朝时罗愿的《新安志》是这样记载的:"《汉志》:渐江水出黟县东南入海,今岭属婺源,而溪属休宁,古皆属黟。"这似乎说得比较清楚了。但同时,也有另一种观点,说新安江的源头来自绩溪登源河。杨万里当年曾有一首诗,题目就叫《新安江水自绩溪发源》,全诗如下:

  金陵江水只咸腥,
  敢望新安江水清。
  皱底玻璃还解动,

莹然酾渌却消醒。
泉从山骨无泥气，
玉漱花汀作佩声。
水记茶经都未识，
谪仙句里万年名。

杨万里毕竟是诗人，他的有关新安江的起源来自绩溪的观点想必是道听途说。《明史·地理志·杭州府》、《山海经》、明弘治《休宁县·山川志》都认可了罗愿的说法，认为新安江的源头在古黟境内，也就是现在的休宁县。到了20世纪40年代，有人曾经对史载的新安江源头提出质疑，当时的浙江省水利勘探队推断出钱塘江的正源在衢江，而源头在开化的莲花尖。在此之后，又得出兰江是新安江的正源,源头在休宁县龙田乡的青芝埭。一时间,新安江源头之说变得扑朔迷离。

直到20世纪80年代,浙江省组织了一支科考队,对新安江进行了深入的实地考察,在此基础上经过反复论证,终于在1986年1月3日的《人民日报》上一锤定音:"钱塘江的正源在哪里?钱塘江的长度是多少?浙江省科协等单位发起的由十四名科技工作者组成的钱塘江河源河口考察队,1983年和1985年曾为此进行了两次专门考察。考察确定,钱塘江正源是新安江,源头位于安徽省休宁县海拔1600多米的怀玉山主峰六股尖。入海口位置是浙江省海盐县的澉浦至对岸余姚市的西三闸一线,全长605公里。"一场旷日持久的源头论战从此画上了句号。

"河源为远",一直是地理上的约定俗成。寻找河流的源头,当然得沿河流溯源而上,一直追寻到最初那一脉细小的流水。这样的事情,深入地想来,还真有点形而上的意味,那是因为最初的源头一直捉摸不定,第一汪水,甚至第一滴水,就如第一线光芒,是无处不在而又无法辨明的。水的意义,包括源头的意义也是如此。新安江的第一滴水,在绝对意义上说,是具有理念意义的。当第一滴水从云彩中落下,或者从土地中渗出时,河流的灵魂,就已经依附于其中了。然后,便有了第二滴、第三滴、第四滴……它们又很快积蓄成一汪水,水满则溢,便有了涓涓的溪流……这样的意义,就如同"一生二,二生三,三生万物"的哲学意义一样,也如同这个世界数字的意义,从0到1,到2,一直到∞,实际上是一种"无中生有"的过程,0是无,然后是1,是2,是3……这都是"有",而最后,是∞,∞又是什么呢?同样是"无"。"无"是"有"的开端,同样也是"有"的结束。就如同那第一滴水,当河流产生的时候,第一滴水就已经消失了;而河流最终流向大海,同样也是消失,消失于巨大的"无"之中。

现在,我们来到位于皖赣边界的玉龙山脉脚下。山脉宛若一条巨龙,绵延数十千米,它是赣东北的怀玉山脉向西北方向的延伸。所有的崇山峻岭都像一个独立而古老的王国,它的存在,完全可以让山下的人类社会相形见绌。从地质上来说,这一带的地层岩特别古老,它是世界上最古老的浅变质岩,地质上属于千枚岩类和板岩类,年龄在10亿年以上。这样的数字听起来让人心惊肉跳。

在这个古老的王国中,一直生活着各种各样的动物,它们是这个世界上最活跃的一群。飞禽是最丰富多彩的。翻开那些鸟类的辞典,就会发现,似乎只要是辞典中列出的,这座山上就有它们的影子,它们是猫头鹰、鹞鹰、画眉、八哥、黄莺、山树莺、银鸡、锦鸡、红鹁、乡眼鸡、竹鸡、白鹭、池鹭、夜鹭、棕嗓眉、绿翅鸭、花脸鸭、鸢、山斑鸠、大杜鹃、小杜鹃、四声杜鹃、鸺鹠、翠鸟、长耳鸮、白颈长尾雉、秃鹫、锦江鸡、白头鸭、火鸠、八音鸟、喜鹊、鹌鹑、金腰燕、大雁、啄木鸟、小云雀、黄鹂、乌鸦、灰椋鸟、雀鹰、文鸟、蓝翡翠、大山雀、红头山雀、一枝花、环颈雉等等。它们的种类多么丰富啊！正因为丰富，所以整座山峦会变得特别有诗意，仿佛整座山峦就是一个百宝箱似的，只要一打开，就有七彩斑斓扑面而来。

飞禽，是这座山峦华美的诗句，而走兽，更像是森林的孩子。即使它们拥有庞大的身躯，它们同样也是孩子。在自然界，只有走兽的心思最为单纯，它们的眼神如清澈见底的泉水。走兽们一直是这个世界的经历者，在不断的轮回中，它们明白了很多真谛。它们不贪婪，也不复杂，它们具有真性情，从不装腔作势。它们一直是平等的,一只松鼠与一头豹子之间,往往可以平等对话;它们和睦地生活在一起,虽然时有悲剧发生,但总体而言,并没有太多的冲突和恐怖。在它们中间,是不存在身份地位的,也不存在种族差异。无论是黑麂、猕猴、毛面短尾猴、苏门羚、小灵猫、云豹、金钱豹、獐、毛冠鹿、娃娃鱼、豹猫、刺猬,还是水獭、石獾、狐狸、黄鼬、豺狗、九江狸、貉子、红春豹等,它们都有着各自的天地,也有着各自的生活习性。它们全都单纯透明地生活着。比较来讲,阴险一点的,是大蟾蜍、蝾螈、蓝尾石龙子、虎纹蛙、五步龙、蝮蛇、金环蛇、银环蛇、赤练蛇、黄肚蛇、土公蛇、竹叶青蛇、王锦蛇、虎斑游蛇、金钱龟等,但它们也只是外表丑陋,至于具体的心思和行为,也狡猾诡异不到哪儿去。它们的内心,跟这个王国其他所有的居民一样,都是一目了然的。

相比较而言,那些常年生长在崇山峻岭中的树木,倒像是六股尖真正的主人,因为它们的生命更长,经历也最多。它们的心最静,那是因为它们的欲望最少,它们一直静静地生长,静静地观看,静静地思考。它们想的、看的,似乎比谁都多,但它们一直缄默不语。尤其是那些大山深处的千年古树,更像是这个庞大家族中的智慧老人,只有它们,才能控制得住局面,使得所有的关系趋于平衡与和谐。飞禽走兽们当然是聪明的,但跟这些树木相比,它们往往只有自甘渺小的份儿。

当然,这些树木似乎也是不一样

的,它们也有着不同的姓氏,有着不同的家族和不同的出身,它们就如同人一样,繁衍、迁居、聚集、生长。在这些树当中,红豆杉、黄杉、银杏、香榧、皂荚们的存活时间都在千年以上,它们都可以说是这座山的活化石。它们分别都揣着一本厚厚的谱牒,记录着这座山的历史。

冒着雨,我们一直沿着新安江逆流而上。能够来到这样的地方,是我们的机缘,也是我们的幸运。是新安江,让我们与这座山拥抱。几乎没有道路,我们在江边一人多高的茅草中穿行,顺着小溪一路攀缘而上,终于接近六股尖的新安江之源了。黄河之水天上来,那指的是黄河发源于高原,水从高原之上倾泻而下。同样,新安江水也可以说是天上来。还没有接近源头,我们就听到了哗哗的水声,从茅草的缝隙中,我们看到一道高达十几丈的瀑布倾泻而下,清澈的泉水从崖头跃落,似一匹银色的绸缎,悬挂在山间,那就是新安江之源"龙井潭"了。

那真是一道神奇无比的瀑布,也是一个神奇无比的深水潭。水清澈无比,像音乐般透明,又似孩童瞳仁般晶亮。潭水反射着四周青山,蓝天白云全都显现在深潭之中。潭的四周,清雅幽静,一片绿色。雨下得越来越大,我们只好躲在潭边一棵老树下。这棵树看起来也很奇特,它的树干硕大,树枝茂盛,正好遮蔽我们。我们看看潭,又看看头顶上的树,但遗憾的是我们孤陋寡闻,无法判断它究竟是什么树种。这样的源头模样是适合新安江的,一条中国最漂亮的河流,当然应该有一个漂亮的源头。在这样的地方,天高云淡,峰峦拔地而起,山中长满了杉树和毛竹,一片翠绿……第一滴水是无法寻得的,它有可能是从泥土里渗出的,也可能是天上落下的雨水……反正,在这样的地方,新安江诞生了,它从某一株古树之下,从某一丛植物之下,缓缓而轻盈地诞生了……一个生命就具有了意义,而她自诞生的一刹那起,就情不自禁地大声歌唱,如同一个婴儿降临在人间一样……

新安江的源头,实际上就是一个关于水滴的故事。那么多的水滴,由于机缘,凝聚在一起,凝聚成一个新的生命。于是,一条江形成了。在六股尖,在玉龙山脉,在徽州,在皖南,在群山耸立中……新安江奔腾而下,然后,迤逦而行……

右 龙

若是真有龙的话,那么,山脉就是龙形,如龙蛇般穿行游走。也因此,众多的山脊总被形容为龙脉。如果山峦之下有村庄,那么村庄便像是龙脉下结成的果子,或者干脆就像龙脉所产下的蛋。在看完六股尖的新安江源头之后,我们来到了六股尖附近的五股尖山。这座山同样也是新安江的发源地之一,那些看得见或看不见的诸多小溪,就是悄悄地从森林中流出,在某一个暗处汇入了河流。在五股尖,我们同样看到一条高悬的瀑布倾泻而下,在瀑布之下,是一条说不出名字的小溪,而在小溪的旁边,是被誉为"黄山第一村"的右龙村。

右龙是相对左龙而称的,在五股尖山的另一边,就是左龙村。从山巅之上远远望去,只见右龙村安安静静地坐落在山坳之中,像一个精致而漂亮的盆景。尤其漂亮的是村庄附近的古树——我们进村的时候,在离村口大约有 1 里路的地方,竟然看到一片古树林,那是 16 株平均年龄达 120 岁的马尾松,高大挺拔、巍然矗立,形成一道风景,就像是右龙村漂亮的封面。

不仅仅是马尾松,村前村后随处可见很多树干粗壮的香榧树,树枝如冠,高大雄伟。山里的老树都是携有仙气的,一不留神,她们就会呼风唤雨。的确是这样,她们就像是村落的守护神,与村庄一道长大,忠实地看护着村落。在离村口数百米的小溪边,有一个看起来既像是土地庙又像是凉亭的建筑,它建在一棵几百年的老香榧树下,香榧树枝叶茂盛,几乎将那小小的庙宇严严实实地罩住。当地人介绍说,那个庙是为老树进香的,据说有一年夏天山洪暴发,冲走了村中的一个小孩。是这棵老树,伸出了自己粗大的胳膊,将那小孩捞上枝头,小孩安然无恙。在此之后,当地人就自发地祭奠这棵老树了。

在右龙村周围,一共长有数百棵香榧树,这些香榧树的树龄一般都在几百年以上。漫山遍野以及村前屋后古老的香榧树,成了右龙的一道风景,远远地看过去,云笼雾绕、花团锦簇。香榧树不仅好看,而且还能结出美味的山果。与其他树不一样的是,香榧一年四季都可以结果,没有固定的时间限制,开花也没有定时。这样的习性,就更显其神秘了。

快到村口时,看到一棵据说有上千年历史的老榧树,树下立有一块碑,上面写着"孤坟总祭",想必这是祭奠那些魑魅魍魉的地方吧。值得一提的是,这棵树长得真是奇怪,它不能说是一棵老榧树,它是好几棵树纠缠在一起生长的,其中老榧树的树枝最为粗壮,紧挨着的是一棵香樟树,还有,我没看出来,应该是桂花树吧。这样三树合一,真是非常稀罕,想必,这就是树神吧。当地人立碑于这三棵树下,大约就是想让老树显灵,保护和安抚那些孤魂野鬼。这样的举动,还真有点"人文关怀"的意味,毕竟,天地鬼神,都应该敬重,也需要畏惧。自然界暗藏很多力量,比人力强大得多,也伟岸得多。城市是人的天下,而在大山深处,在一切远离人迹的地方,却是树的天下、动物的天下、鬼魅的天下。

右龙现在还是有机茶的生产园地。村前村后,到处都是绿油油的茶园。我们走在茶园边的小径上,虽然阳光灿烂,却不时飘下来一丝丝细小的雨,那是真正的太阳雨。这一带明显有着高山气候的特征,以这样的自然条件和清新干净的程度,当然可以生产出品质优良的茶叶。右龙的茶叶自古以来就非常有名,当地人在采摘完茶叶之后,一般都挑到附近的江西浮梁去卖,然后由浮梁转道卖到全国各地。浮梁也算是一个很有名的地方了,白居易当年在那首著名的《琵琶行》当中就写道:"商人重利轻别离,前月浮梁买茶去。"这样的商人,极可能就是当年的徽商,做茶叶生意的。因为做茶叶生意,倒让琵琶女千古留名。右龙至今还留有很多当年的石板路,这些蜿蜒曲折的石板路,就是"徽商故道"。在石龙与江西的交界处,还遗有一块石碑,上面刻有"吴楚分界"四个大字。也就是说,当年徽州这边归于"吴",属于古时的南直隶省;而那边的江西境内,则是楚地了。

地处深山的右龙同样也是一个千年古村,村中还遗留一些古建筑。我们从村子穿过的时候,正是中午。在村中一座旧木桥上,一大堆人在那里晒太阳,彼此用外乡人听不懂的土话聊着天,有时候快乐地大笑。在桥下,仍是涓涓的溪流,对于人们的笑声,溪水仿佛也受到感染,它欢畅地向前奔走。这是新安江的另外一条小溪,它向山下流去,最终也是流到新安江里。

月潭、五城

率水到了月潭一带,河面变得更加漂亮了。在月潭,有大片的草地,在草滩上,有成群的板栗树和乌桕树。当地人介绍说,这一带最美的季节是秋季,板栗树、乌桕树霜后如血。即使是现在,这里的景色也漂亮异常,翠绿的草丛或者树林中,不时出现一片柔和的白色,如春天里开放的玉兰花。当声音惊醒它们的时候,它们就化为白鹭从天空飞过。春天的率水也是一池起皱的暖水,水上不时游弋来一叶小舢板,有鱼鹰昂首立于鱼竿上,间或会突然扎入水中,叼出一条鱼来。水面清澈,在深水中,不时有一些野鸭子,快乐地嬉戏畅游,有时噼噼啪啪沿水面飞行,划出一道道白色的水线。当然,水獭白天是看不见的,它们一般会在晚上出现,从那些水中大石或者沼泽地里偷偷溜出,游到岸边,噙走一只只青蛙……从月潭到五城,率水漂亮、娴静、温顺、包容,开阔处,水天一色,烟波浩渺,宛若梦中情人;两山相夹中,更如仙女下凡,一条长长窄窄的飘带,很随意地飘拂在起伏绵延的山峦之中。

到了五城村,水变得更静谧了,水面如镜,可以映出周围山峦的倒影。有这样清澈无比的水资源,难怪五城的豆腐干远近闻名。好水自然会有好豆腐,当地人教了我们鉴别真假五城豆腐干的诀窍,那就是将一块豆腐干沿着中线180度折叠起来,不会折断的,就是真正的五城豆腐干,由此可见五城豆腐干的细腻和韧劲。在五城,率水接纳了颜公河,变得更为茁壮。颜公河的名称来自颜公山,宋罗愿《新安志》记载:"颜公山,高五十仞,周三十八里,上有湖广五亩,中多鲤鱼,昔有颜公隐此山,一旦乘风去,岁若旱祷辄应。"由此可见,颜公同样也是一个隐士,隐于此,并在此"得道成仙"。率水与颜公河相夹,河边是古林村和五城村,现在,古林村与五城村已连为一体。古林村依率水而建,而颜公河边上,则是五城著名的老街。

五城曾是徽州府至婺源古道上的第一重镇。《新安志》同样有着记载:"五城村,古之大镇也。"在元代,就设有"五城务";明清时,设有"五城铺"。只是这个地方为什么叫五城,一直没有确切的解释。最直接的说法,是因为当年此镇有东、西、南、北、中五个城门而得名。

五城的历史,也是当年徽州人迁徙历史的缩影。现在五城居民大多姓黄,黄姓是由江夏迁入的,江夏也就是现在的武汉一带。在现在的五城老街上,还存有当年的古城楼,在古城门的墙上嵌有一块青石,上面镌有"江夏名宗"四个大字。相传在唐肃宗年间,江夏郡黄氏为躲"安史之乱",举家迁移,辗转到篁墩,然后又溯新安江而上,定居在五城河西西涌山上。后来迁移到现在的五城。由于交通便利,五城一度非常繁荣,被称为"玉京"。在现在临水老街所在地的另一个古城楼上,还可以看到楼门上嵌镌的几个大字:"楼瞰玉京"。当年五城的繁荣,看样子是非得登高才能看得全的。在这条古街上,我们甚至还发现一个上百年的墙体广告。可以想象,当年颜公河边的五城街繁华茂盛,商铺林立,行人摩肩接踵,热闹非凡。

因为五城曾经繁荣过,所以镇内至今留存很多当年的文化痕迹,悠悠间可以管窥厚重的古风,比如说端午节的玩堕镖、赛龙舟、赛龙排,中秋节的放水灯、焰火等。当然,最独特也最具影响力的,还是"将军会",这是为了纪念"安史之乱"中坚守睢阳、壮烈殉国的唐朝大将张巡的庙会。每年农历七月二十一日,四邻八乡的老百姓打着"得胜鼓"赶到五城,整个活动持续四天。据说当年张巡的一个部将死里逃生后,流落到五城,他一直忘不了张巡的凛然义举,因而发起了这场纪念庙会。至于这个部将姓甚名谁,如何逃脱,这当中的详情,并没有确切的答案。历史往往就是这样,它在很大程度上一直粗糙坚硬,许多湿润的细节,都被风吹得无影无踪了。

五城在历史上一直是个文风兴盛

的地方,小小的五城,就曾经出过三个状元,让人匪夷所思。这是五城人一直为之骄傲的事。一到镇上,年轻的镇长就向我们介绍五城在科举中的"光辉历史"。我们来到了位于五城古林村的状元黄轩故居,故居里现在还居住着黄轩的后代。主人拿出黄氏家谱,为我们一一辨认家族延脉。家谱一律用蝇头小楷刻录,秀美端庄。同行的徽学专家鲍义来老师忍不住啧啧称赏。黄家厅堂的正墙上,镌刻着一块石匾,上面写着"为善最乐"四个字。仔细一看,"善"字却少了两点,据说这是为了告诫人们,从善要从一点一滴做起。这样的做法真是用心良苦。但我一直不喜欢这样做作的方式,也不以为然。与很多事情一样,文化如果透露一股机灵的小聪明劲,往往便会在整体上缺乏大气;聪明都运用到细枝末节上,反而容易在行为创造以及思想拓展上显得疲软。黄轩曾经担任过四川按察使,后来死在督办军粮的过程中。他算是那样的制度下的一个勤勉的官吏吧,兢兢业业、善始善终。

比较而言,我对五城的另一个状元黄思永更感兴趣一点。黄思永是清光绪六年(1880)的状元,幼年时寄居江苏江宁。他的经历很具传奇性:幼丧双亲,历经磨难,曾教过书,甚至造反参加过太平军。不久,他脱离了太平军,走上了科举之路。中状元之后,黄思永在翰林院修撰,官至四品侍读学士。黄思永身在官场,却不死守封建教条。他一方面发愤钻研西方科技和文化;另一方面还教育其子黄中慧学英文,学西方科学技术,并送黄中慧赴美国深造。黄中慧后来成为他兴办实业的得力助手。黄思永曾经连续上书光绪皇帝,提出一些设想,比如要求发行股票、借用民间闲散资金创办民族资本企业等等。在当时,这样的想法相当大胆。也因此,黄思永的单骑突进引火烧身,一些人诬陷他反对朝廷,黄思永被罢官入狱,一直到1900年八国联军入侵北京时,黄思永才恢复自由身。出狱之后,黄思永仍是没有闲着,他亲力亲为,创办了工厂。不久,朝廷降旨,黄思永官复原职。可这时的黄思永对当官早没了兴趣,复职一段时间之后,他实在忍受不了官场的循规蹈矩、繁文缛节,干脆弃官从商,走上了一条实业兴国的道路。

  1903年,清朝设立了商部(后改称"农工商部"),特聘黄思永与同为状元出身、精于营商的张謇担任头等顾问官。黄思永与张謇在新的平台上大显身手,二人共同起草并颁布了《奖励公司章程》《商会简明章程》,以及有关铁路、矿务、商标等的诸多章程法规,大力扶持民族工商业,吸引众多投资者兴办工厂、商行,时人称为"商部两状元"。在兴办实业方面,两位状元更是身体力行,黄思永经营于北,张謇经营于南。黄思永在京城创办工艺局,其产品以景泰蓝铜器最为精巧,曾两次在国际博览会上获奖,市场价高却仍供不应求。可以说,黄思永是继以李鸿章、曾国藩为代表的洋务派之后,另一拨的近代改革大家,他的改革行动一直延续到清亡。晚清中国的工商业,在开辟通商口岸、修建铁路、开采矿藏、发行股票债券等方面,都有黄思永的功劳。在休宁的状元中,能有这样一位开拓者,是值得休宁人为之骄傲的。

率水由西向东流去,两岸风景依然如画。终于,她到达了一个叫作率口的地方,与横江汇合。现在,这个曾经的地名已变得模糊,也慢慢为人们忘却。在她的旁边,一座干净清丽的现代化旅游城市巍然矗立,她就是黄山市的屯溪区。

齐云之魅

　　樟水河与吉阳溪在黟县县城碧阳镇相汇。碧阳镇从古时候起,一直就有"小桃源"之称。"青山云外深,白屋烟中出。双溪左右环,群木高下密。曲径如弯弓,连墙若比栉。自入桃源来,墟落此第一。"这是清代歙县籍户部尚书曹文埴在黟县西递留下的诗句。在曹文埴的笔下,西递乃至整个古黟实际上就是传说中的桃花源。

从县城出来,樟水河流经开阔的盆地,经一段峡谷之后,到了出口渔亭。渔亭曾经是徽州的"四大名镇"之一,其他三镇分别是休宁的万安镇、岩前镇,绩溪的临溪镇。渔亭之所以能成为"四大名镇",那是因为当年这里是横江上游一个重要码头,从徽州西部前往江浙一带,此处算是必经之地。而横江自渔亭开始,船只才能航行。民间素有"渔亭桥下杭州路"以及"忙不忙,三日到余杭"的说法。在旧时,渔亭的商业十分发达,有 100 多家大小商店,分布在九条街道上。从杭州等地运到黟县的辎重、盐以及粮食,必须到渔亭下船,然后辗转到各地。现在,由于公路的修建、河床的上涨,渔亭已不通行船只了,一条古街也变得冷冷清清,我们只是在街上粗略地看了看,便乘车离开了。

横江到了休宁县兰渡一带,显得格外地大气从容、淡定自得。远远地看过去,江面好似一根玉带,水色澄碧,江天一色,如一幅清丽的山水长卷。建于明万历二十四年(1596)的登封古桥则如彩虹卧波,横跨江面,桥上石罅间,有青藤薜萝,给沧桑的古桥平添几分生气。登封桥是清朝名臣、歙县人曹文埴主持修建的,在徽州一直有比较大的名气。曾任明兵部左侍郎的歙县人汪道昆曾专门撰写一篇长长的《登封桥记》,记述了桥的建造经过。后来,登封桥又几经修葺。沿着石阶走上桥,就可以看到不远处的齐云山了。在当地,很少有人称齐云山为"白岳",都喜欢称之为"齐云"。"齐云,齐云",与云相齐,似乎更有仙境的味道。站在登封桥上,远眺齐云山,但见群峰林立,山披翠微,云蒸雾绕。抬眼望,则是一大片清新而绿意盎然的田野,那些原本要到四月才开的油菜花,正月十五没过,就迫不及待地绽放了。

古代的大旅行家徐霞客就是沿登封桥这条老路攀上齐云山的。徐霞客第一次游览齐云山是明万历丙辰年(1616)正月,那时,徐霞客刚刚游罢浙江的天台和雁荡,到了徽州后,先是爬了黄山,然后马不停蹄地赶到休宁,出西门,循溪而上,于风雪黄昏之中,抵达齐云山麓。在山脚下吃了顿饭后,他又顶着风雪,打着灯笼,连夜拾级而上,直奔山中榔梅庵下榻。当夜,徐霞客独卧山房,耳听窗外冰雹之声,辗转反侧,夜不能寐。

第二天,徐霞客醒来之时,齐云山已是一片银装素裹,山间布满珊瑚般的玉树,崖上挂着几丈长的冰柱。徐霞客开始脚踏木屐、步履坚冰上山了。他先是去了太素宫,然后登上文昌阁,观赏着雪中山景。齐云山似乎有意要把山中最好的景色隐藏起来,不给这位大旅行家看周全,忽而云开日出,忽而大雪纷飞,千变万化中,徐霞客看得目瞪口呆。

徐霞客在齐云山一共住了六天。前五天,齐云山一直下着大雪,云雾弥漫,迷离的山景让徐霞客看不真切。

一直到第六天,齐云山"东方一缕云开,已而大朗",雪后初霁,景致终于清晰地浮现出来。站在山巅之上,徐霞客一览众山小,不由得心花怒放。这一次雪中之行给徐霞客留下了非常深刻的印象。在齐云山,徐霞客写就了《游白岳日记》。游黄山时,徐霞客曾经感叹"登黄山天下无山",来到齐云山,他立刻就后悔了,齐云山与黄山,完全是两种不同的风格。虽然齐云山从景致上比黄山略逊一筹,但齐云山所具有的独特风格和文化内涵,也为他所喜欢。徐霞客对齐云山一直念念不忘。两年后,徐霞客找了一个机会重游齐云山。这一回他算是真正地看清了齐云山,也领略了齐云山的风貌。徐霞客生平两次到达的山只有四座,它们分别是黄山、天台山、雁荡山和齐云山。可以断定的是,对于徐霞客这个大旅行家来说,能让他去两次的地方,肯定是有独特风情的。

但自古以来,齐云山的光芒一直被同处徽州的黄山所遮掩。"既生瑜,何生亮?"与"大家闺秀"的黄山相比,齐云山似乎有点"小家碧玉",但小家碧玉自有小家碧玉的味道。其实齐云山与黄山完全是两种不同的风格,它更有内蕴,也更加奇谲。齐云山三十六奇峰,峰峰入画;七十二怪石,石石皆景。山奇、石怪、水秀、洞幽,林木道观点缀其间,碑铭石刻星罗棋布。这样的鬼斧神工,也就形成了齐云山的独特之处。更何况,因为它是道教圣地,齐云山还有着独特的魅力。这样的"魅",在于它某种程度上暗合着道教的精神。

从风水上说,齐云山的确是一块宝地,整座山峦钟灵毓秀,一派仙风道骨。新安江谷地纵跨歙县、屯溪、休宁三市县,新安江两岸多属低山丘陵,虽连绵如浪,却山形无奇。然而这平淡仿佛只为齐云山的隆重出场作铺垫——群山绵延至兰渡,忽然陡峭,显露出嵯峨之形,连片的丹山峰峦叠翠,林莽苍润,烟霞轻笼。这就是齐云山,将一派道骨仙风凸显得淋漓尽致。

齐云山道教兴于唐乾元年间(758~759),据说道人龚栖霞在栖真岩辟谷修炼,羽化成仙,齐云山也因此一举成名。从宋朝开始,更是有很多道人集中来此清修。宋宝庆年间

(1225~1227),方士余道元(号天谷子)建佑圣真武祠于齐云岩。据《齐云山志》记载,自真武祠创立后,四乡百姓遇旱涝、蝗灾,或求子去病的,凡来齐云的无不有求必应。自此,齐云山名震江南,成为一方道教圣地。

任何宗教都是以自己的话语系统来达到与上天的沟通,从而得到知识、感悟和力量,道教也不例外。与佛教、儒教不一样的是,这种本土的教义一直是以生命的个体解脱作为终极目的,而这种极端个人化的方式由于过于强调"术",因而极容易堕入虚玄。对山水的理解也是如此。齐云山历代得道高士都可以说是生命系统的职业研究者,他们从"天人合一"的角度出发,把宇宙图形、色彩、方位、人体结构与齐云山整体的山水结构对应起来，齐云山因而成为风水理论的集大成者。

齐云山宗教的发源地是西岩，但天谷子独选东岸，他是遵循了"气乘风则散，界水则止"的风水原则。东岩处有横江，山环水抱，避风聚水，生气旺盛。

登封桥过后，茂林之中的九里登石级路，是曲折幽深的香道。这里建有13个亭，既为路人遮风挡雨，更是为聚气补缺。中和峰与望仙峰之间，豁口较大，在道教看来，有泄气之嫌，于是便在此建一座望仙亭，自以为解决了这个问题。

真仙洞府是风水中的奇绝之地。山行至此，一弯三折，曲回如城，积聚一泓碧水,生气得水而聚,在道家看来是大吉。远近狮、象两峰,构成了理想的相拱之势。像这样的地方,必须得有一个道心绵长的人居住才行,于是便将玄武大帝请入了真仙洞府。

太素宫是山中最大的宫殿。太素宫的选址,完全依照四灵兽的位置而定。四灵兽即道教中的左青龙、右白虎、前朱雀、后玄武。太素宫左有钟峰,右有鼓峰,后倚玉屏峰,前对香炉峰,更有象征五行的五股清泉在殿前汇为一水,蕴含九九归一之意。作为正殿,太素宫位居齐云山中内环的中心点上,是核心部位,是风水中的穴。玉虚宫则是齐云山现有的最古老的道观,殿前通道两端的入口分别设有云龙关、凤虎关两座石坊,用以聚气。玉虚宫本是依山就势而建,乍一见似与山一体,这一藏,便显师法自然、巧夺天工了。

齐云山的命门是小壶天。壶就是葫芦,是道家炼丹的必备品,算是仙物。张果老、吕洞宾等仙人,都是必带葫芦的。由壶天所产生的神秘,当然会给人们留下无尽的想象空间。齐云山的总体营建采取的是壶天模式,望仙亭处是葫芦口,小壶天是大葫芦中的小葫芦。小壶天的入口处还特地修建了葫芦形门坊,主要是为了聚住一腔仙气。"壶"里面,则是一系列举霞飞升的故事,这些都是勾人的"秘药"。

齐云山就这样似是而非地解释着"天人合一"的道理,描绘着升天得道的蓝图。把"天人合一"当作一种理想当然无可厚非,关键是,如何将"天"与"人"合而为一。在绝大多数情况下,这样的手段和路径都是自欺欺人,像齐云山上的云和风一样,无法把握。

当然,齐云山的"魅"还在于它有着很独特的丹霞地貌。独特的地貌特征也是历史上诸多高士青睐齐云山的一个重要原因。道士们是不懂得地质概念的,只会赋予它幻想。按现代科学解释,这种丹霞地貌指的是中生代白垩纪湖泊沉陷所形成的红色岩系。在这种地质状态中,山峦犹如一片飘浮在青山绿水中的彩云一样,又像由千万块红玛瑙镶嵌成的红珊瑚。这样的丹霞地貌,跟道教似乎更有相通之处,它就像道士梦寐以求的炼丹炉,在这样的炼丹炉中,可以炼出绝佳的丹药,让自己得道成仙,飞升上天。

齐云山道教的全盛时期是明朝,或许因为嘉靖皇帝本身就是一个业余炼丹士吧,多年来一直沉湎于长生不老之术,寻求解脱。据说,明嘉靖年间,道教龙虎山正一派第四十八代天师张彦赴齐云山,为皇帝求嗣,结果皇后果然生了一个儿子。嘉靖皇帝龙心大悦,亲题"齐云山"匾额,并赐建"玄天太素宫"。从此齐云山的道观香火更加兴旺。数百年后,乾隆皇帝对齐云山也赞赏有加,这位太平盛世的风雅皇帝,微服私访到了齐云山之后,连声称赞齐云山是"天下无双胜境,江南第一名山",让各地大吃干醋。

古往今来,齐云山以它的美妙姿态、奇观佳景吸引着众多的文人墨客。

在齐云山,他们寄情于翠峦之中,或赋诗题词,或写书作画。李白、朱熹、海瑞、唐寅、戚继光、徐霞客、袁枚等都在齐云山留下了传世的诗文。这些诗文被道观请人刻在了山崖上,于是齐云山也成为摩崖石刻众多的名山之一。值得一提的是明代的汤显祖,他在写"一生痴绝处,无梦到徽州"时并没有去过徽州,而且,这首诗对徽州还有着很大的怨气。而到58岁那一年,因为受邀于休宁的一个盐商,汤显祖来到了徽州。汤显祖在徽州攀登的第一座山,就是齐云山。汤显祖同样也为齐云山写了两句诗:"新安江水峻涟漪,白岳如君亦自奇。"看来,是齐云山改变了他对徽州的印象,也使他先前的那首诗有了一层赞美的意思。

到了现代,关于齐云山,应该说写得最好的一篇文章,就是郁达夫的《游白岳齐云之记》了。郁达夫去齐云山还是走登封桥这条路。1934年4月3日,郁达夫与数日前同来的林语堂、潘光旦等四人分手,自己则同另四人踏上登封桥,开始攀登齐云山。那一次游历同样给郁达夫留下深刻的印象。郁达夫他们是清晨从休宁县城出发的,11点半,到达了齐云山脚下。他们一路看山看景,收获颇多。在齐云山,这一帮文人足足走了一天,但只观赏了齐云山一半的景点。后来,郁达夫他们实在走不动了,只好坐上轿子,由轿夫一直抬回休宁。坐进轿子的时候,他们都不约而同地感叹说:"今天的一天总算是值得很,看了齐云,游了白岳,就是黄山不去,也可以向人说说了。"

齐云山的确是有魅力的。与黄山相比,齐云山更多的是以精神内质以及文化内涵吸引着游客。文化总是有深层意味的。中国文化在以儒家思想为主干的同时,还有着佛、道两教旁支,这也使得整个社会呈现出丰富平衡的局面。得意之时,人们可以"居庙堂之高则忧其民";而在失意之时,则寄情于山水之间,从佛、道之中寻求精神上的慰藉。齐云山,正是因为这一社会心理前提,成为历朝历代人们离不开的游览胜地。

万　安

　　万安一直是一个有着精气的地方。

　　有精气,是指这个地方气韵深厚。这也是风水之气韵。这个距离休宁县城约2公里的小镇整体上看起来显得特别灵秀——在它的正前方,一座不大的小山拔地而起,在山上,矗立着一座高高的宝塔。优美的横江从镇的南面穿行而过,由西向东,流成一道优美舒展的弧线。弧线的边上,由清一色的红砂石和白墙黑瓦高低错落排列而成。自古以来,万安一直是徽州的名镇,曾有着"小小休宁县,大大万安街"的说法。万安古街,在当年的徽州也相当有名,它长2.5公里,街道两旁的店铺和作坊鳞次栉比,像流动着的《清明上河图》。过去,万安街不单单是一条商业街,还是休宁至徽州府这条古驿道的重要路段,平日里商旅行人、官府差役往来穿梭。民国时期,这里就有经营日用百货、南北杂货、糖果、笔墨纸砚、酱油酱菜、豆制品、刻字、罗经等的店铺200多家。

从老街交叉的一级级石阶往下

走,有好几个水埠头。这些古老的水埠头就是当年横江边的水路码头。可以想象的是,当年塔光桥影、竹木环合,多少商旅从这里乘船走向山外的世界。这些水埠头的建造和修缮都是由大家集资的。在万安的老街上,通向一个规模较大的水埠头通道边的墙壁上,至今还嵌着一块清嘉庆年间的青石碑,上面记载的就是各店家捐资修水埠头的事。

走在万安的古街上,目睹那古色古香的情景,听着那带有古音的休宁方言,恍惚中,我们仿佛一下子回到了数十年前,回到了旧时的徽州。在万安古街的一家老豆腐店里,我们更是有这样的感觉,这里的一切都与数十年前没有区别,时光悠悠,仿佛在这里停止流动。做豆腐的吴师傅告诉我们,自他家祖父那一辈起,就一直在这里做豆腐了,他生于斯、长于斯,一辈子都从事做豆腐的行当。对于万安老街的一切,吴师傅熟悉得如自己的掌纹。

因为古风悠悠,所以现在的万安显得很是特别。万安的特别之处还在于,从古到今,它一直是徽州历史上的罗盘生产基地。

当年,在这里活跃着很多风水先生,他们一天到晚抱着罗盘,被邀请到处给人看风水。徽州一直是有注重风水的传统的。徽商携带大笔金钱回乡大兴土木,无论是从意义上还是审美上,都有很多要求和讲究,在村落的选址、墓葬以及动土等方面,都有很浓厚的风水观念。万安最出名的,便是生产广泛运用于天文、地理、军事、航海和居屋、墓葬选址的重要仪器——罗盘。在海阳,就出过一个很有名的风水师何可达,徽州的一些村落,比如说唐模、宏村等,都曾经请他看过风水。当然,除何可达外,当年万安的风水师数不胜数。

因为风水师的活跃,所以风水师手中的工具罗盘就显得尤为重要,万安一带的罗盘制作也就形成了传统。当然,徽州罗盘的兴起还有一个原因,那就是在明代前期徽州海商的发展。罗盘由于能应用到航海业上,所以它的生产一时繁荣起来。

万安罗盘按盘式可分三合盘、三元盘和综合盘三种,按直径分有十一种规格。万安所产的罗盘,设计独特、选材考究、制作精良、品种齐全,被奉为罗盘正宗,人称"徽罗""徽盘"。而在当地,罗盘的专业说法是"罗经",对风水先生的尊称则为"罗经师"。

万安罗盘承载着中国古代天文学、地理学、环境学、哲学、易学、建筑学等各方面的文化信息,传承磁性指南技术及相关技艺,为研究中国古代科技史、社会史、人居环境及古徽州的历史文化提供了宝贵的资料。

2006年初,万安罗盘作为"民间手工技艺"入选首批国家非物质文化遗产名录。

在万安历史上的罗盘店铺和作坊中,有一家店叫方秀水罗经店。在方秀水罗经店里,曾有个十二三岁的孩子,这个孩子一直和五六个学徒一道,跟在方秀水师傅后面学习技艺。几年下来,由于这个孩子天资聪明,学习勤奋,很快脱颖而出。这个孩子就是吴鲁衡。吴鲁衡在掌握罗盘制作的技艺之后不久,就单立门户。吴鲁衡店面开张后,由于制作的罗盘精确美观,很快与方秀水罗经店分庭抗礼。1901年,万安罗盘在巴拿马万国博览会上获得了金奖,当时选送的,就是"吴鲁衡牌"罗盘。这个罗盘至今还在中国历史博物馆收藏。

在万安古镇,我们见到了"吴鲁衡"罗盘的传人詹运祥。老詹今年68岁,现在,他和自己的女儿、女婿一起继续生产着"吴鲁衡牌"罗盘。不过,现在的"吴鲁衡"已分为涵记和毓记两家了,老詹属于涵记这一支。当年,詹运祥是作为吴家上门女婿获得继承权的,追溯起来,他算是吴鲁衡的第六代传人。万安罗盘继承了中国传统的罗盘制作技艺,在长期的生产过程中形成了自己的特点,对生产流程和技艺手法有严格的要求。

制成一面罗盘,一般要经过八道工序。首先要精选特等木料"虎骨木"。"虎骨木"学名"重阳木"。詹运祥介绍说:"刻罗盘我们一般用两种木质,一种是'虎骨木',另一种则是银杏木。这两种树木质比较细韧,而且墨写上去不会洇开,很清楚,很好看,盘面不变形,油漆出来的字也很清晰。"制作罗盘的步骤是这样的:先精选好"虎骨木",制成罗盘毛坯;然后将毛坯车圆磨光并挖好装磁针的圆孔;随后在上面画格和书写盘面,按太极阴阳、八卦二十四爻、天干地支、二十四向至、二十四节气、十二生肖、二十八宿分野和365周天依次排列,按秘藏图谱刻画书写;接着熬炼桐油并往罗盘上抹桐油;最关键的是安装磁针,这往往是绝活,一般由店主在密室内单独操作,从不示人。

詹运祥说:"最难掌握的是组装磁针,不能有一点偏差。若有偏差了,盘面上的整个度数都会不准,以后这个盘就不能用了,就算是一个废盘。这是分金,之后就是写字,一般盘面上的字不能写错,你写错了哪能使用呢?就不能用了。装针,指南针装上去之后呢,除了针对准以外,还要灵活、不退磁。再一个,使用寿命要长,还得保证针的精确度、灵敏度。"

罗盘真的有神秘功能吗？我们向詹运祥提出这个问题,詹运祥笑而不答。他是不太好回答吧。的确,风水的作用也在分化,那种神秘的暗示意义正在退去,比较时兴的,只是风水的美学意义。詹运祥告诉我们,现在,他已很少亲自去做罗盘了,只是在关键的部位做一做,其他的,都叫女儿和女婿操作。他很多时候都是受别人的邀请去看风水,也正是靠这个赚一点钱。

为什么偏僻小镇万安的罗盘会如此兴旺发达,而且海阳和万安会出现如此多的风水师呢？我想很重要的一点是,这样的存在状态与徽州的文化风气有着相当大的关联。众多的风水师其实都是有文化的人，也是从小立志考科举的人，当科举失利之后，他们除了无奈之外，积郁于胸的，还有怨气和悔恨。而这个时候，他们的年纪也变得很大了，身体变得孱弱，四肢变得无力，他们只能拿着个罗盘，运用在读书时顺便学得的一些旁门左道，自食其力。这应该是万安乃至整个徽州竟有如此之多的风水师的重要原因吧。

当然，在徽州，还有另外一种可能。在民间，在乡野中，一直隐藏着一些"闲云野鹤"。他们当中，有很多人都有着经天纬地之才，有着鸿鹄之志，但由于缺乏路径，又不甘为人所轻，所以多隐匿于民间，逍遥于山水间，不问世事。这样的态度，既是中国知识分子的机智，也是中国知识分子的狡黠。

不能"立功"于社会,便躲进自然的天地里自娱自乐。当然,绝大多数的逃避者都是故作姿态,是一种无奈,在失败中消除志向,渐渐地又把这种消除当作志向。在科举的洪流中,只有他们,固守于偏僻的书院或乡村,薪火相传,战战兢兢地延续着一脉微弱的火种,孤独地苦练着"六脉神剑"。

吴鲁衡是在他60岁那年过世的。据说吴鲁衡的墓址,是当时一位最知名的风水先生握着吴鲁衡亲手制作的罗经,为他选定的。吴鲁衡的墓地就在万安老街河对岸,也就是现在的万安钟塘村。可以肯定的是,对于一辈子与风水打交道的吴鲁衡来说,横江边上的这一片土地,才是他心中的天堂。

屯　溪

　　我一边思索,一边沿着新安江行走。一有机会,我就会呆呆地凝视着江面。我想知道新安江深处隐藏的秘密:历史的秘密和时空的秘密。有多少人生从这水中匆匆掠过,又有多少骨骸深埋于水下的泥沙之中。新安江并不是沉默不语的,她似乎一直在叙述,她的叙述,就是水面上细碎的波纹。沿着河流行走,有时候心中倏然就升腾起沧桑的感慨:人生无常,世事无常,它们就像眼前这潋滟波光一样,无法捕捉、无法懂得。

河流是人类文明的摇篮。列子说:"缘水而居,不耕不稼。"从这句话中,可以看出早期文明与水的关系。虽然水不是人类文化产生的唯一条件,但人类早期以农耕为主的生存方式对水的依赖是毋庸置疑的。如果将人类早期文明看作是河流带来的话,那么人类文化的发展史,便是一部壮美的"河流文明"的大篇章。河流是人类文明的源头,但人类社会发展到一定程度,替代河流文化的,必然是那更博大,也更深邃的海洋文化。徽州同样如此,新安江曾经给徽州带来了太多物质和精神财富,但到了一定阶段,这种给予变得吝啬,变得稀少,徽州文明会因此而变得饥渴、发展缓慢,甚至裹足不前。文明也是有层次的,如果不带有立场和偏见来看的话,各个地域所形成的文明在层次上也是有着区别的。文明的地位和层次取决于它对世界的定位和认识——定位越准确,认识越透彻、越深入,文明的根基就越牢固,文明的大树也就长得越高。从更高的要求来说,新安江流域所产生的文明如果放在一个更广阔的空间来看,她所蕴含的内在精神还显单薄,她在精神的高度和宽广度上还很欠缺。也许可以这样说,这样的河流只能算是一条聪明的河流,她还不能算是一条大气磅礴的智慧之河。

屯溪的由来,同样也是因为水,"溪者,水也;屯者,聚也。诸水聚合,谓之屯溪"。另一种说法则是:三国时东吴的孙权曾经在这里屯兵,准备打仗。不管这两种说法是否准确,屯溪位于诸水汇聚之处,地理上得天独厚的优势却是公认的。当年的屯溪山清水秀,江回峰转,十里江面,帆樯林立,桅火与街灯交相辉映。歙人汪道昆曾有诗句"十里樯乌万里竹",由诗可以推断出屯溪行舟鳞次、商贾纷至的盛况。正因为其优越的自然条件,才有了这个"三江交汇处"的后来居上。

那一天晚上,我们住在屯溪。我们是在黟县吃过晚饭后开车赶到屯溪的。迎接我们的,是屯溪的夜色和灯光。我们依然从横江与率水的交叉口经过,依然看到那座古老的屯溪老大桥,以及桥下汤汤的河水。河水勾起了我的记忆,有好几个夏天,我天天都在老大桥的桥洞下面游泳。对于老大桥,我是再熟悉不过了——沿着河边的阶梯往下走,桥边有一个石壁,上面镌刻着节选的朱彝尊的《屯溪桥记》,这篇文章记述了古桥之由来;在水边的台基上,还立有一个碑,上面镌刻着1934年郁达夫来屯溪时所写的一首诗:"新安江水碧悠悠,两岸人家散若舟。几夜屯溪桥下梦,断肠春色似扬州。"

　　横江和率水从遥远的山里款款而来,在屯溪相会了,也如姐妹般拥抱在一起,她们从此不分彼此。先前,当她们在拥抱的时候,两岸是萋萋的青草,草滩上悠闲的水牛反刍着时光;而现在,屯溪已今非昔比,呈现在河流面前的,是漂亮的花山,是一座灯火辉煌的美丽新城市。

从率口而下,一直到歙县浦口,这一段河流有了一个新名字,叫渐江。渐江往东南方向流去,一路上桃红柳绿,山温水软。比起率水和横江的清纯,这一段河面变得宽阔了,也丰满了,她长成一个美丽妖娆的女子,楚楚动人。从这里开始,这段叫渐江的河流,婀娜多姿,款款地向东南方踏歌而去。

篁　墩

离屯溪只有3公里的篁墩古村一直隐藏着徽州的不解之谜。

据说,当年篁墩一带的风水极好——新安江故河道从不远处流过,开阔的江面正对篁墩。这一带是一个很大的浅滩,自然而然,也形成了一个码头和栖息地,上下水的船只一般都要在此停留一下,水边上人来人往、络绎不绝。每天晚上,从篁墩这里,总能看到不远处河滩上星星点点的灯光。有一句顺口溜曾形容篁墩的风水:"白天有千人拜揖(纤夫拉纤时的姿势像拜揖),晚上有万盏灯火,脚抵长片园,头枕凤来山,身穿六合水,代代出状元。"清代嘉庆、道光年间,《新安大好山水歌》的作者潘世镛写有绝句《晚过篁墩》:"水绕山环峙一墩,绿烟夹道近黄昏。停车细访先人宅,犹有千年老树存。"

这个现在看起来并不太大的古村落,在历史上曾跟徽州诸多望族颇有关联,篁墩就像是一个绳结一样,将很多新安氏族系在这里。这当中一个重要的原因就是:篁墩当年的繁荣处于南北朝以及隋朝时期,这个时期,恰巧大批中原居民向南迁徙。徽州在历史上有过三次比较大的移民潮,最大的一次,就是在南北朝时期。徽州望族程、朱、江、胡、吴等姓正是在这样的背景下由北方迁入的。迁徙主要是为了躲避战乱,但南方的富庶、肥沃的土地以及宜人的气候,也是吸引他们迁居的重要原因。当年迁往徽州的各个望族,在沿着新安江深入屯溪盆地之后,会先到篁墩歇一下脚,盘整一下,然后再到其他地方安居下来。篁墩就像路途之中的凉亭一样,屹立在徽州的风雨之中。

徽州历来就有"徽州八大姓"和"新安十五姓"的说法。所谓"八大姓",是指程、汪、吴、黄、胡、王、李、方诸大姓,倘若再加上洪、余、鲍、戴、曹、江和孙诸姓,则称为"新安十五姓"了。新安各姓中,程氏位列《新安大族志》之首,"新安程氏,自篁墩始"。根据程氏宗谱的记载,两晋末年永嘉之乱时,程元潭带兵镇守新安,遂为当地太守,也由此,程元潭被后人尊为新安程氏的始祖。程元潭病逝徽州之后,其子孙即以徽州为家。到了200年后的南朝梁武帝末年,侯景起兵叛乱,程元潭的后人程灵洗又从徽州起兵,后来被梁元帝萧绎任命为新安太守,并封"忠壮公"。在此之后,程氏家族一直居住在篁墩,一直到唐末黄巢农民起义时,篁墩为唐朝部将所占领,程氏族人四散逃命。动乱结束之后,一支程姓才重新回到篁墩,并在这里建立了程氏宗祠。

篁墩地位重要,还在于这个弹丸小村跟影响中国上千年的"程朱理学"有着紧密的关系。村里现有一座题着"程朱阙里"的牌坊,雄伟壮观。之所以题着"程朱阙里",是因为篁墩曾经是程颢、程颐兄弟和朱熹的老家。关于这一点,曾有详细的考察过程,在这里不妨追溯一下。

明朝成化年间,程氏后人出了一个著名文学家、大学士程敏政。程敏政曾经写过一本书,叫《新安文献志》。在书中,辑录了不少程姓先贤的资料,算是理清了程颢、程颐的家族脉络——程颢、程颐这一支是从篁墩迁到休宁,再从休宁前往河南中山博野的。如果说程敏政的推断只是依据年谱、墓志铭等的记述,并没有实证,尚不足为信的话,那么,稍晚一点,确凿的证据被歙县岩寺的另一进士——做过江南布政使的方宏静找到了。方宏静有一天在豫章郡唐氏家中,无意间看到了程颢写的书信,落款处盖有"忠壮公裔"印章。方宏静大喜过望,感叹说:"噫!千载之疑,而一朝决之也。"从印章上看,程颢自己承认是忠壮公程灵洗的后裔。

相比之下,朱熹家族的脉络就要清楚得多。在篁墩村中的富仓山前,有一个朱家巷,那是宋代大理学家朱熹先世的故居所在。朱熹祖上迁至婺源,对这一切,他们都并未忘怀。朱熹本人在《婺源茶院朱氏世谱后序》里曾经开宗明义地说:"熹闻之先君子太史吏部府君曰：'吾家先世居歙州歙县之黄墩。'"也就是朱熹的父亲亲口告诉他祖居地是在篁墩。根据这本族谱，朱氏的始祖朱师古因躲避黄巢之乱，举家从苏州洗马桥迁徙至篁墩（这时已改名为黄墩）。师古的儿子朱瓌奉当时的刺史陶雅之命，率领三千兵马驻守婺源，因守土有功，子孙便在婺源安了家，朱瓌也被尊称为"茶院府君"，也就是婺源朱氏的谱祖。到了朱师古的第九世孙，也就是朱熹的父亲朱松这一代，朱松被派到福建为官，举家迁往福建。朱熹也生在福建。但朱松年轻时曾经在新安郡学——紫阳书院求学，来闽后，一直思念着故乡，并刻有"紫阳书院朱某"印章一枚。朱熹自小耳濡目染，时刻不忘自己是新安人，也常常以"新安朱熹"自称。

不仅仅是"程朱",后来的思想家戴震,族谱显示,祖上同样来自篁墩。这样的"巧合"真让人有点震撼了,一个弹丸之地竟然与中国历史上几个显赫的大思想家有如此紧密的联系,中国的思想文化史,是在篁墩"显灵"吗?世界上真正的大问题都是那样鸿蒙难解,篁墩所面临的,同样也是如此。

现在,在篁墩,因为交通相对发达,距城市较近,遗存下来的古迹已经不多了,能供游人访古寻幽的去处,只有蛟台、鼓吹台、洗马池、烨卜桥等传说中程灵洗的遗迹,另外就是朱熹先世故居所在的朱家巷。但篁墩在所有程氏子孙的心目中,占的分量仍很重。几乎所有的程氏家谱中,篁墩都是一个极其关键的词语。据说在日本,也有一部很完整的程氏家谱,上面同样也有着关于篁墩的很多链接。据70岁的当地居民程中敏先生说,仅仅是篁墩这一脉的程氏后来就有108派,分散在徽州乃至全国各地,每年都要进行祭祀活动,并且确定几个派别,负责从联络到祭祀的全过程。祭祀是每10年轮流一次,每次祭祀分工都极为细致。程中敏今年70岁,看得出来,这是一个极热心于自己的乡土文化和延脉的长者。在徽州的任何一个村落,都不乏这样潜心于自己的文化与历史的研究者和捍卫者。从他递给我们的名片上看,他是黄山市程朱理学研究会理事、"程朱阙里"宗亲寻根接待处负责人,也是元潭公六十三世孙。

早年做过生意的程中敏在60岁以后,一直从事村里的文物保护工作,打理有关程氏家族的很多事宜。他和一帮人花钱把村里的很多古物买来,集中在村里的老学校里。有很多文物贩子来收购,老程总是一口回绝,从不出售。显然,程中敏所做的一切都不是商业用途,他自己甚至为此掏出了很大一笔钱。对于每一个来到他家的人,程中敏都显得非常热心。他有一本厚厚的签名册,总是让每一个来过他家的文化人在签名册上留下姓名和联系方式。像徽州很多村落中常见的那种老人一样,程中敏喜欢孜孜不倦地向人们讲述篁墩的旧事,而这样的旧事,是他一生中最重要的内容。

花山谜窟

离篁墩不远的新安江对岸的花山,同样也存有一个巨大的谜。

新安江从屯溪一路奔流而来,在这一带打了一个弯,这里江水较浅,水流环佩叮当,犹如弹琴一般。江的这一边是一望无际的开阔地,极目远眺才能见到隐隐约约的山影;而江的另一边是连绵的山丘,因一年四季鲜花盛开,所以被人称为花山。

20世纪中期,花山里发生过两件奇怪的事情:一是有位药农上山采药时不慎跌入极其隐秘的洞穴之内,洞深无比,药农好不容易从洞中爬出,洞口从此也就暴露了;二是当地有位农民不小心把鸭子赶进一个山洞,洞口杂草丛生,野藤交错,人难以进入,可是被赶进洞内的鸭子后来却在花山脚下的新安江里出现了。

从此,附近的人都知道,看起来不起眼的花山中有谜窟。一直到了20世纪末,花山谜窟的真面目得以暴露。人们发现,花山中竟有36窟之多。

花山洞窟开凿于什么年代?是谁发起开凿的?洞中的石料是怎么运出

的？运出之后又作为怎样的用途？为什么史志从没有有关记载？如果它不是采石场的话，这样一个庞大的洞穴究竟有何用处？它为什么一直尘封了近千年才被发现？——这些疑问，都构成了花山的谜团。对于这些疑问，解释莫衷一是：有皇家陵墓说，有越王勾践秘密备战基地说、贺齐屯兵说、方腊洞说、花石纲说、山丘说、巢居说、盐商仓库说，等等。甚至有人大胆地提出天外文明说——毕竟，这个被称为花山谜窟的地方正好位于北纬30°的"神秘线"左右，与世界诸多大奇观如埃及金字塔、百慕大群岛等处于同一个纬度。

　　证论自然容易找到一些佐证，而佐证往往更加神乎其神——据说仅现在的35号窟,所采的石料就可以铺成1米宽的石板路,从黄山一直铺到杭州。并且有人还推测出,这36个洞窟所凿出的石料,徽州根本用不完。

沿着脚下的石板路一直前行,我们来到了2号石窟。洞口在山坳东侧的半山腰,呈虎口张开之势。刚到洞口就感觉到有一股清冷之气扑面而来。这是一个长140多米、总面积达4000多平方米的洞窟。进入洞口不远,便是近千平方米的"厅堂",空间奇大。沿着石阶往下走,可以看到洞内有数十根留着人工凿痕花纹的石柱错落分布,组成了一个地下长廊。石壁上,明显有着钢钎开凿的痕迹。显然,这个洞穴是人工开凿的。但这样庞大的石洞,绝非一朝一代能够完成的,肯定是经过了几个朝代、一段漫长的历史时期不断开凿而成。花山石窟最大的秘密在于石料的用途。由于风水思想的影响,在徽州,一般情况下是不允许开山采石的,那样随意的开采会让人觉得断了龙脉,或者坏了地气什么的。或许正因为如此,徽州选择了花山这个地方,用这样一种集中的方式进行开采。

也许从这样的角度说,花山谜窟并不神秘,相反,它的由来和留存,更值得人们敬佩。

在花山的边上,是被称为渐江的新安江。渐江的两岸,展现着一派田园风光,村庄散散淡淡,但又错落有致。这一带比上游疏朗多了。在这一段,当年的船只来来往往……风不大,船帆懒懒的,且是满员,水面和船沿几乎持平,很惊险。前方又有礁石了,艄公们一齐从船舱里"弹"了出来,抄起长长的竹篙,狠狠地刺向礁石。船静止了一下,速度放慢了,但它巨大的力量使得竹篙变得弯曲了,像一张弓一样。另一根竹篙也刺上去了,两张"弓"合成一股力,船终于改向了,几乎是擦着礁头掠了过去。艄公和船上的其他所有人都长长地吐出一口气,尤其是那些家眷,手心都是湿漉漉的汗。这是下水,是船装满木材、山货、文房四宝驶向山外世界的情景。

　　上水呢,则是另外一番情景——岸上的纤夫几乎不穿衣服,只是在肚子一块随意地蒙了一块布。他们永远是一种姿势,身体倾斜,有时候为了用力,他们的膝盖要跪在地上。领头的那个汉子最壮实,那往往是他们的老大。老大用当地土话唱起歌来,七荤八素的,其他纤夫便跟在后面唱,有一句无一句的,但声音却是洪亮无比。逢到特别浅的航道,纤夫便要跳入河中,挖出渠来,然后再一起拉着船只向上走。在船上,有盐有建材,也有黄金珠宝,主人往往是衣锦还乡的徽商。对于回家的徽商,纤夫们并不羡慕,他们见得多了,也认命了。他们知道,那些钱也是不易得的,是含辛茹苦、委曲求全得来的。

渐江在经过花山这一带后,水势渐趋于缓了,但她的热情还在,水中有一个又一个漩涡。这时候,船帆可以张得很满,可以高瞻阔步,旁若无人。

自此以下,江水徜徉而去,犹如闲庭信步般从容。

四水归一

练江应该说是新安江的一条非常重要的支流。这条河从歙县县城穿行而过,徽州府的所在地歙县历来是徽州政治、文化、经济中心。如果把练江称为新安江二级支流的话,那么四条从不同方向流入练江的河算是新安江的三级支流,这四条河同样可以说是徽州很重要的河流,她们分别是:丰乐河、富资水、布射水以及扬之水(大源河、登源河)。丰乐河是从黄山山脉南部流下的,她流经过去歙县的西北部(现在黄山市徽州区一带)。在她的流域内,有很多著名的村落,比如灵山、呈坎、潜口、西溪南、岩寺、棠樾以及歙县的郑村等,这一带在历史上一直是徽州的富庶之地,当年众多的徽商就集中在这一片。富资水两岸比较重要的村落有许村、富碣等。至于布射水,她的流域内最重要的村落就是大谷运和江村了。大谷运是重要的茶叶生产基地,自古以来就是徽州茶叶品质最好的地方之一;而旌德江村当年是一个非常重要的大村落,据说康乾时期扬州盐商总领江春就是江村人。从东北方向来的扬之水也是一条重要的支流。扬之水的支流繁多,其中一条支流大源河发源于绩溪、歙县、旌德三县交界处,在她的北边,是隶属于旌德的著名村落江村;河流的源头附近,是著名的上庄,也是新文化运动的领袖之一——文学家、思想家胡适的生长地。胡适3岁时跟随母亲回到上庄,一直到14岁去上海,一共在这里生活了11年。1917年,胡适又奉命回故里成亲,娶了山那边旌德江村的姑娘江冬秀。可以说,上庄给这位大师的一生留下了不可磨灭的印象。扬之水的另一条支流登源河,具有更特别的意义,她的源头是绩溪县的伏岭镇。伏岭被称为徽菜发源地。伏岭往东,过了被称为徽商故道的"江南第一关"后,就是浙江境内。从伏岭沿河而下,有一个叫龙川的大村落,在村落中,矗立着"江南第一祠"胡氏宗祠;在河流两旁,还有一些重要村落,比如仁里、湖里、临溪等。湖里是"红顶商人"胡雪岩的家乡,临溪在历史上是一个重要码头,也是徽州当年的"四大名镇"之一。

只要有水的地方,就会有村落,有历史,也有传说。当然,还有人物,那些像鱼一样游弋在时光里的人物。这些人物或轻舞飞扬,或循规蹈矩、亦步亦趋。在历史上,他们有的成为不朽,有的只是一股轻烟,消散在厚厚的族谱中。

世界上也许再也没有一个民族,像中华民族这样热爱寄情山水了。山水一直是中国人重要的精神支柱,它是中国文人的安乐窝,也是中国文人的救心丸。在中国文化里,人与山水是可以共融的,山水不仅能消解人世的烦恼,还有助于人的精神境界的提升。徽州人不仅是这种传统思想的信奉者,还是这种思想的身体力行者。

丰乐河上游的灵山村,就是一个顺山势建立起来的村落。这样的村落,在徽州,同样具有典型性。从地理位置上说,当年的灵山是很偏僻的,它位于徽州北部的大山深处,交通非常不便。1000多年前,就是在这样的山巅之上,方姓人氏建立了自己的家园。灵山村坐落在灵金山与丰山两山相连处,村庄沿丰乐河两岸建造,顺溪就势,处在两山夹一坞的山谷之中。溪水是从东向西流的,这是典型的东水西流。风水之说,"东水西流,富贵在两头"。灵山最好的地方是它的村口一带,也就是水口,苍苍古树下,天尊阁巍峨矗立。在溪水上,有凌空的灵阳桥、五福庙和高大古拙的翰苑坊。从这样的残遗中,明显可以看出当年灵山的辉煌与秀丽。

"灵山"的名字很有意蕴,它引得我想格外认真地看一看,看它的"灵"到底在哪里。灵山最独特的,是沿溪水而建的一条街。街叫"凤凰街",整条街道就地取材,用清一色的粗麻花岗岩条石铺就。逆水而上,左边的街道较狭窄,进深只有一屋之地;右边地势稍微开阔,进深可达十丈。一幢幢古色古香的老屋子紧密相连。在溪水上,总共架有十几座石板桥。溪桥用三五块粗麻花岗岩条石架成,长八九尺。因为小溪落差太大,溪流上修建了许多梯级坝,用来缓冲水势并蓄积用水。这些都是当年村落建设时的匠心所在。值得注意的是,沿溪的石条都突出一两尺,悬空架在水面上,看起来别有风味。凤凰街还真不短,我们沿着街道往上走,一直走了几十分钟,才算到了尽头。这条街道,大约有好几里长吧。

灵山应该算是徽州一个居于偏僻之地的小村了。但即使是这样的弹丸小村,也有精致的生活理念,并且认真地按照理念进行构筑。在这种细致淡然的态度下,灵山更像是一个漂亮的盆景,树繁竹茂,山水满盈。

徽州的村落一直具有某种代表

性,它不仅仅是徽州文化的体现,从其中更可以管窥中国古代生活的面貌。中国古代社会的原型在外面的世界已经变得支离破碎,只有在徽州,因为其闭塞的地理位置以及根深蒂固的家族制度,这一套系统才保存得相对完好。但即使是这样,包括灵山在内的所有古村落,都像是一个空巢,那种农业社会繁荣茂盛的精灵,早已咿呀一声飞走了。

在灵山,我一直思考着中国文化的"灵异"之处。我在想,如果中国文化是这个世界上唯一的文明系统的话,那么这种滋润了发达农耕经济的河流文明,自得其乐、孤芳自赏的思想态度,以及呈现出的敦厚仁义的品质,还有讲究秩序、自我约束的方式,也许是一种并不坏的选择。那种安身立命、坚毅忠诚、万古不移的形态所带来的稳固和定力也无可厚非。毕竟，物质并不是最重要的,人性的释放也并不是最重要的,重要的是人与人之间、人与地之间、人与天之间的相对和谐。但核心的问题是,这种温和简单的文明方式在遭遇到其他文明的干扰时,那种在竞争中所具有的弱点就会明显地表现出来。当蓝色的海洋文明呼啸而来,并且夹杂着一股野蛮的血腥气进入这片大陆时,亚洲东部这块古老的土地上,因黄河、长江,当然还有新安江所形成的河流文化,一下子变得孱弱无力了。那种千年不变的男耕女织、千年不变的春种秋收、千年不变的"天朝上国",还有千年不变的"之乎者也"、礼义纲常,在挨过了青春期和中年期之后,终于走到枯槁的尽头。由殖民地财富所产生的资本积累的巨大能量,以及工业革命的推波助澜,使得西方文明在各方面都得到高度发展,呈现出突飞猛进的势头。东方文明在遭遇到这种生机勃勃的异质文明时,就像马王堆汉墓中的秀丽锦帛一样,一旦暴露在新鲜空气中,顷刻间就破碎了,成为几缕令人惆怅的古典情怀。

而这时候,还能指望这种农耕文化"显灵"吗?

呈 坎

位于丰乐河源头的呈坎村在徽州一直是相当有名的村落,除了村落以八卦的方式布局之外,呈坎村最有名的,就是罗氏宗祠了。

罗氏宗祠的全称为"贞靖罗东舒先生祠",它应该是徽州古祠中气势最为恢宏的一座。生于宋末元初的罗东舒,是一位经天纬地的奇才,但在乱世之中,清高耿介的罗东舒的雄心和抱负无法实现,只好以陶渊明为榜样归隐田园,元朝廷多次聘请他为高官,都遭其拒绝。陶渊明私谥"靖节",罗东舒就自号"贞靖",意思是决不与元朝合作,以维护自己的名声。

罗东舒不愿当官,就得找点事情做。他做的一件最重要的事,就是花了很长时间为呈坎罗氏宗族整理族谱。罗东舒怀着对祖先的恭敬和感恩,在做这些事情时,兢兢业业,认真精确,"凡先世茔墓逐一稽考"。因为罗东舒梳理了罗氏宗族的脉络,办了大事,所以呈坎罗姓一直对他感恩戴德。很多年过去了,人们依旧忘不了这个为家族做出很大贡献的大儒。有一年修祠堂,有长老提议,把罗氏祠堂命名为"贞靖罗东舒先生祠"。这样的建议,得到了呈坎罗姓的一致认可。

东舒祠陆续造了70年。在这70年中,呈坎罗氏的好几代人都在为家族的祠堂添砖加瓦。开头的是罗洁宗,这是1542年的事情;收工的则是罗应鹤。当祠堂勾勒完最后一笔图案时,已经是1617年的秋天了。新祠堂落成的那一天,全体罗氏家族的人都聚集在祠堂里,肃立,然后静穆地注视高悬着的"贞靖罗东舒先生祠"巨匾。家族祠堂之所以以罗东舒先生命名,就是想以罗东舒的高风亮节勉励后人:做人要讲道德,要有出息,同时做一个有境界的人,做一个对罗氏家族有贡献的人。

这个足足花了 70 年才建起的族祠的确值得罗氏人骄傲——高大的门楼上雕刻着以历史戏文和龙狮相舞为主体的图案。祠堂占地 5 亩多,建筑面积达 3000 多平方米,北侧有厨房、杂院,南侧有女祠,整个祠堂一看就气势非凡、精雅恢宏,甚至直到今天还可以睥睨周围的其他建筑。

罗东舒祠在某种程度上更像是一座文庙,它的结构出现了只有孔庙才有的棂星门、拜台等,这些均为一般祠堂所没有的。正厅的每根屋梁两端皆有椭圆形梁托,梁托上雕刻着彩云、飘带,中间分别镂成麒麟和老虎,檩上镶嵌片片花雕,连梁钩也刻有蟠龙、孔雀、水仙花、鲤鱼吐水等图案,仰首凝望,玲珑别致。正厅两侧和上首的花雕更是精美。更令人称奇的是,花中有物,物中有景。荷花在池水中摇曳,或微波粼粼,或浪花朵朵。荷池之中,有鸟翔蓝天、鱼潜水底、鸭戏碧波,还有蛙跃荷塘、鸳鸯交颈,整个荷池的画面被描绘得生动逼真,妙趣横生……跟所有家族祠堂一样,罗东舒祠也有天井,寓意还是"四水归堂",但四水归堂在这里不仅仅象征着财源兴旺,还象征着人丁兴旺,家族如天水一样源远流长。

宗祠修好之后,每隔数十年,呈坎的长老们便聚集在祠堂里,要求重修家谱,并借此梳理整个家族的脉系。于是,在溯本求源的基础上,长老们把村里的罗姓分为一甲、二甲、三甲……每甲设置一座祠堂,即一甲祠、二甲祠、三甲祠……每座支祠也设立一个族长，由各甲人员推选。族长对全甲人员的教育、伦理、生产、生活之事负责。在此之上又设立一个总族长，对各甲之间的事情进行协调和总管。每甲之间也有较分明的位置安排，各甲之间分别向纵深处扩散，不可以侵占别人的领地。

在呈坎长达千年的历史中，这样的盘整有很多次，而每一次家族之中的盘整动静都是巨大的。在一些经常性召开的家族会议中，呈坎进一步明确了村落和家族的规约，表彰一些节妇孝子，同时对一些言行不检点的家族人员进行训斥，甚至惩罚。村里的布局也得到重申，各个家庭的基础设施，如下水道、救火用的土龙等也要严格配备。每个姓罗的官宦告老还乡之前,都要为乡里乡亲做一点善事,诸如办学堂、建凉亭、修道路等。当然,与其他所有的家族一样,呈坎罗氏也有着严厉的处罚措施,有栅栏圈就的囚室、水牢等,族长可以下令处死某个触犯戒律的人……

呈坎村落的状况,实际上是徽州宗法制度的一个缩影。虽然家族与村落表面一派祥和,但在骨子里,它一直是紧张的,在它的内部,一种阴郁的控制力无所不在。这种阴郁的控制力尽管残酷而狭隘,但它对于家族的稳定和凝聚,又起着不可或缺的作用。曾有人认为,汉民族在经历了很多次外族入侵之后,不仅没有分裂崩溃,而且从文化上化解了这种入侵,促进了民族的融合,在很大程度上,正是这种严谨而周密的宗法制度在起着关键的作用。它有着强大的信念力量,维系着社会的运转,推动着庞大的道德体系缓慢行进。

宗法制度的精神意义,在某种程度上,又相当于西方的宗教。徽州严谨的宗法制度往往会造成一种情境:当一个人走进徽州祠堂时,会感受到那种从四面八方传递来的无形气场,那样的气场给人以震撼,会让人谦逊而卑微,意识到自己的渺小,也意识到自己的血脉责任。身在这样的家族体系当中,立即会感到个体就如同一片叶子,与枝丫、与树干,都有着千丝万缕的联系。

当然,一切从外部看起来无法抗

拒的力量,在里面,则是一种智慧的秩序。但问题的核心是,这样的秩序究竟包含什么样的智慧?它的骨子里到底是怎样的思想成分?徽州的宗法制度是建立在程朱理学的思想基础之上的,由于程朱理学缺乏与上天的沟通,也缺乏对人性的挖掘,本身的哲学体系更像是悬空的楼阁,可想而知,在这种支离破碎、一知半解的意识形态下,那种形而下的操作方式,必定会简单粗暴、以偏概全。徽州的宗法制度,正是在这样的背景下误入了歧途,形成对人性的桎梏,并走向毁灭。可以说,缺乏对人性深入而透彻的理解,缺乏真正的宗教皈依感,是徽州乃至中国宗法制度最终走向没落的重要原因。

尽管这样,在很长时间里,那种宗

法制度对徽州的影响一直是巨大的。徽州的村落和家族,就是依靠这样无形的力量,盘整、喘息,然后向前运转。徽州的地域灵魂,也在这样强大的磁场中柔弱而坚强地行进着。

仁 里

仁里算是练江支流登源河上的一个文化名镇了。

仁里出名,是因为苏州才子沈三白的《浮生六记》。在那本书中,沈三白记述了一段在绩溪的经历——沈三白在绩溪时,正赶上12个村自发组织的一年一轮值的花果会,当年举办花果会的就是离县城十来里路的仁里村。听到这个消息之后,沈三白兴奋异常,但苦无轿马,最后还是让人断竹为杠,缚椅为轿,雇人肩之而去。

沈三白看到些什么呢?一进村口,他就看到有一座大庙,不知道供的是什么神,庙前空旷的地方搭起了戏台,华丽异常,极其漂亮。走近一看,那是用纸扎的彩画,并抹以油漆。锣声忽至,四个人抬着像断柱一样粗细的蜡烛进来,后面跟着由八个人抬着的一头牯牛大的猪。猪是当场杀的,杀完之后便在庙中上了供。进庙之后,见到里面都是盆景,大半是用黄山松做成的。这时候外面人声鼎沸、锣鼓喧天——戏开场了,人们如潮水一样涌过来。

沈三白所见的唱大戏的情景,在徽州再正常不过。明朝之后,观戏听曲已成为徽州百姓的重要的生活内容。出钱的,当然是各村的富商。有时候戏班子会在村中连唱个三五天,甚至十天半个月,那往往是全本的《目连救母》。戏接近于傩戏,主要叙述目连成佛之后,拯救他的下地狱的母亲——目连的母亲是一个心若毒蝎的女人,在阳间做尽恶事,在阴间受尽地狱之苦。目连救母主要阐述善有善报、恶有恶报的主题。戏冗长曲折。明代张岱的《陶庵梦忆》卷六曾有《目连戏》一节,正可以用来叙述一下唱目连的情景:"搬演目连,凡三日三夜,四围女台百什座,戏子献技台上,如度索舞绹、翻桌翻梯、筋斗蜻蜓、蹬坛蹬臼、跳索跳圈、窜火窜剑之类，大非情理。凡天神地祇、牛头马面、鬼母丧门、夜叉罗刹、锯磨鼎镬、刀山寒冰、剑树森罗、铁城血澥，一似吴道子《地狱变相》，为之费纸札者万钱，人心惴惴，灯下面皆鬼色。戏中套数，如《招五方恶鬼》《刘氏逃棚》等剧，万余人齐声呐喊。"

仁里原是绩溪耿姓的发源地。据《鱼川耿氏宗谱》载，南朝梁工部尚书耿源进慕新安山水，与弟耿汝进游历绩溪，见此地山水环抱、风光旖旎，于是全家迁至这里。因耿源进熟读《论语》，便取"里仁为美"，将这个地方命名为"仁里"了。更确切的意思是：里者，民之所居，居于仁者之里，是为美。

后来，仁里成为程姓所在地，篁墩

"忠壮公"程灵洗的十八世孙程药曾经被唐朝选送至金乡县当县尹,回乡时到绩溪游玩,看中仁里这个地方,便带着一大帮程姓家族的人来此定居。

当年仁里村的整个布局像一条鲤鱼,可能是因为坐落在登源河畔吧。这样的设计,是为了附会"鲤鱼跳龙门"的寓意。现在,村中的古迹已然不多,只有一条东西走向的古街,街上有杂货店、药店、肉店、裁缝店等,古风犹存。两座颇有气势的宗祠,坐落在村中央。自唐朝迁来的程姓祠堂为上祠堂,称"叙伦堂",在新中国成立后改为供销社;自宋朝迁来的程姓祠堂为下祠堂,称"世忠堂",现已破旧不堪。上祠堂前的西向街巷上,存有一座上部残缺的明代世肖石坊,雕刻古朴精美。

这是村里人为明成化十三年(1477)举人程溥所立。程溥曾任浙江新昌县令,著有《绩溪志书》等著作。

离牌坊不远,还留有程姓一世祖的墓道坊,横额上刻有"唐金乡尹药公墓道"。这是绩溪现存唯一一座文字完整的墓道坊,也是年代最为久远的牌坊。村中有一株老槐树,相传就是这位程姓一世祖所栽,距今已有近千年,仍是枝繁叶茂。

当年仁里村之所以在徽州颇有名气,是因为村落有一股浓郁的文化氛围。除了当年沈三白所看到的花果会外,仁里还经常举行其他聚会,比如盆景展示等。仁里文风兴盛,大约跟与绩溪县城相对较近有关系。仁里的教育在历史上也颇为兴盛,元代就有程燧创办翚阳书院,明清两朝又建多所书院。值得一提的是,在清末废除科举的过程中,村中还建有徽州第一所洋学堂——思诚学堂,以及绩溪最早的女子学校——端本女校。

思诚学堂建于1904年春,至今已有百余年了。清末废科举,倡办新学堂,仁里开明的富商程序东、程松堂等兄弟四人,认识到近代化的意义,不惜斥巨资率先创建了由中国人自己开办的安徽第一所洋式小学堂,学制9年。程氏兄弟的祖辈曾经在通州即现在的南通从事典当业。为了办教育,程氏兄弟聘请了著名教育家胡晋接担任堂长并掌管教务、教授国文,又邀请曾留学日本的休宁人程宗沂、婺源人江鹏莹教授数学和英语,邀请歙县人毕醉春教授国文。程氏兄弟开的工资很高,与同时期国立大学堂教授同等俸禄,年薪400银圆。

当年的思诚学堂占地5亩,主楼为3层,学堂完全按照新式学堂的模式建设,建有图书馆、阅览室、乒乓球室、学生宿舍、男女厕所等。为了建新式学堂,程氏兄弟倾其所有,自己甘居祖宅陋室,粗茶淡饭,并且将家中能用的东西全部搬到学堂。程序东甚至将自己从南通典当行带回的名贵盆景古木都移栽至学堂之内。当年的学堂内,有5棵名贵的古柏被视为镇校之宝,它们各有名称,分别是"苍龙出海""一缕青烟""丹凤朝阳""祥云捧月"等。

在思诚学堂的感召下,至1910

年,绩溪县兴办了新学堂24所,为安徽省各县之冠。岁月沧桑,一个世纪过去了,现在的思诚学堂已改为"希望小学",当年的校舍与主楼已荡然无存,名贵的树木也不知去向,校园中只遗有唯一的一棵桂花古树,向人们昭示着那段旧学改新学的历史。

徽 城 镇

一路走来,感觉最陌生的地方,反而是歙县县城徽城镇。

很小的时候我就经常来这里,那时我外婆家就住在斗山街的老房子里。我经常在这些迷宫似的古巷中穿行玩耍,我的周围,随处都是碧苔碎瓦、荒地古树。每次上街,我都要穿过那座高大精致的许国八角牌坊。每当从它的脚下经过时,我总会想:这样一个精致的石头盒子是做什么用的呢?那时我全然不懂皇帝、大臣什么的,也不懂得历史。历史对我来说,就像很远处的山峦一样,只是模糊一片,而我从不愿多看它们一眼。大多时候,我们都会去太平桥下面游泳,去练江的碎月滩捡石子、打水漂,然后,就是提着弹弓去附近的徽州师范或者西干山、太白楼一带打鸟。有时候走得远一点,我们就骑车去十几里外的岩寺,逛逛老街,爬一爬那个7层的文峰塔。那时候我们的眼中尽是旧景旧物,以至于我陡生厌烦心。在那个鄙夷历史的年代里,徽城镇给我的最简单明了的印象就是:乱哄哄的老街,老房子阴森恐怖,外婆的五香蛋烧得真好,还有就是我的每一个舅舅都能烧一手正宗的徽菜。

追忆和怀念是需要距离感的,也许,我们现在所感受到的轻松和优雅,在当时而言,却是一种沉重和压抑。毕竟,那是一个沉重的时代,也是一段混沌未醒的岁月。直到工作之后,我才感受到徽城镇沉甸甸的分量,感受到一种珍贵的苍凉在无可奈何地渐渐远去。伟大显示于空间的,是气势,表现于时间的,是韵味,而这些气势和韵味,都慢慢变得依稀。

现在,徽城镇的夜晚显得古老而苍凉。练江静默地掩映在夜色之中,灯光忽明忽灭,传送着历史的浩茫和空寂。练江两旁,泾渭分明的是歙县的老城和新城。当我沿着河边的林荫道行走的时候,我在想的是:也许,对于人类的发展来说,那种认识模糊的初级阶段反而是最值得留恋的,人类只有在那样的阶段,才显得率性而本真、单纯而浪漫,而这时候表达出的情感才是不染纤尘的。文化如千年琥珀,既晶莹可鉴而又不能全然透明,一定的沉淀、积累,一定的浑浊度,反而是它的品性所在,如果太清晰,反而会变得无所适从。同样,时代也是如此,一个时代如果过于强调自己站在前人肩膀上的功绩,没有沉淀,没有积累,没有浑浊,就那么赤裸分明,那必定是单薄和招人厌烦的。这样的情况,同样适用于人类。就像高度现代化背景下的新新人类,在他们的身上,无处不在的是电子化和工业化的影子,他们成为物质和流行的表象。一个人也好,一个社会也好,如果没有传统文化作为基础和积累,如果没有那种历史行进而来的纵深感,那么都将是空中楼阁。那种单薄和刻板,仿佛随意一阵风就能将它吹得七零八落。

那天夜晚,我走在歙县古城的石板路上,一直听着自己的鞋跟敲击石板的声音。古城似乎已经睡去了,只有路灯闪烁着昏暗的光芒。在徽州,我们所看到的,无论是建筑、村落、风水,还是牌坊、科举、宗族,都可以说是一个又一个符号。在这些强大的符号中,我们很难感受到那种生动的灵魂气息,很难看到那种独立而坚强的人格。所见到的,只是自然中的人、社会中的人,以及道德中的人,而那种真正具有整体宇宙意识、拥有伟大的济世情怀的无私而无畏的性灵者,却很少能够见到。就亦儒亦道的中国文化来说,理学将人格缩小成社会的人,而道家则力图将人变成自然意义上的人。这两条道路,不客气地说,都是人类众多的歧途之一。

我一直在想的一个问题是,就人与社会的关系而言,什么样的状态才是它好的存在呢?对于人类无法回避的政治与文化来说,除了富裕和幸福,人性的回归应该是优先的选择,而这三者,应该是一个统一体。至于其他的,都是辅助和次要的。而在社会与人性的关系上,一直存在着诸多矛盾,一个表面平静的社会很可能是以善恶的混淆作为背景的,一种严格的秩序的建立很可能是以精神的麻木为代价的。为了避免这种矛盾的副作用,首先应该做的是反对谎言,谎言是一切邪恶的基础,它是万恶之源。

徽州,从严格的意义上来说,在它已有的历史中,还是缺少很多东西的,也有着很多薄弱之处。徽州只是一个缩影,一个中世纪的中国文化与社会的缩影,尽管它在一定程度上表现得山清水秀、富庶自得,但它远没有现在想象的那样完美。

真正的美景还在未来。

石　潭

　　风景优美的石潭村位于新安江支流昌源河的上游。车从北岸到老坑的公路拐入一条小道之后,一转弯,远远地就能看到一座濒水的小村掩映在绿色之中。石潭村在桥的那边,不通车,只有一座桥连接着对岸。从桥上看,昌源河清澈见底,水边有浣衣的女子。

这样的小桥流水是一个村庄最好的引子,就像一篇好文章,肯定会有一个不俗的开头。

石潭是一座不大的山村,只有近百户人家,我们很轻易地就把它走了个遍。与其他地方相比,石潭更加原汁原味,那条古街上还残留着两座祠堂,因为多年未修,已变得相当破败了。祠堂的大门紧锁着,我也懒得进去了。石潭之所以著名,是因为攀上村后的山头,可以远眺新安江的美景。尤其是在春天,漫山遍野的油菜花疯狂地长着,从高处往下看去,河流如练,蜿蜒流向远方,而在河流的两岸,村庄如黛。有时候碰到雨后初晴,在山顶上,身旁云雾缭绕,远山近山,如同仙境。

正因为石潭有如此胜景,所以近年来这个小山村变得非常著名。春节过后,每天都有上千名摄影爱好者纷至沓来,到这里捕捉新安江的春光。

我们的摄影师在山顶上乐此不疲。在这里,似乎每一处都是拍摄的最佳地点,前后左右都是大片大片仿佛可以点燃的油菜花。新安江这一带由于耕地面积相对较少,种植也是见缝插针,很多油菜都长在山上。这就形成了一种奇特的现象——很多地方,油菜花竟沿着山坡一直长到山顶,远远看过去,山也成了名副其实的"花山"了!

中午,我们在村口的"摄影之家"饭店吃饭。这是真正的农家乐餐馆,只不过在饭店的墙上贴着很多照片，那是全国各地的摄影爱好者拍摄的，都拍得非常漂亮。因为爬山很累，一大碗饭让我吃得喷香。这的确是正宗的徽菜，在徽州的任何一个地方，都能将饭菜做得色香味俱全。据饭店老板吴朱康介绍，"摄影之家"是20世纪90年代初开的，到现在已有十几年历史了，曾接待了来自包括日本、中国香港等地的摄影爱好者两万多人。他们把石潭的美景介绍到全世界，也使得小小的石潭村在摄影界有着相当的名气。

石潭一日，是我新安江之行最轻松的一天。这也难怪，那一天，我更多的是与自然在一起。在油菜花开得无比灿烂的山顶上，迎迓着和煦的春风，神清气爽。在沿着新安江行走、领会、思考、写作的过程中,我的身体与思想负重太多。我突然想到,其实对于徽州来说,那些破旧、潦倒的昔日场景似乎再正常不过,历史太长,家业太老,角落太多,徽州的管家人当然不会永远那么上心。毕竟,对于居住者来说,在某些时刻,那种沉重的文化是可有可无的。人总不可能永远生活在过去的时光里,从生存的意义上来说,人需要文化来滋润自己的生活,但不能让文化缚住手脚,将自己掷入一个不见天日的枯井中。

渔 梁

渔梁,离歙县县城三里,它是练江边的一座小镇。

老街是一如既往地寂静,半里长的古街,青石的路面。街道的两旁,一色的粉墙矗立,一色的鸳瓦鳞鳞。

河的中央,就是那座著名的渔梁坝。不知是地方因坝而得名,还是坝因地方而得名。坝横亘在练江之中,虽说是青石筑成,但现在已呈黑色了,那是一种岁月的底色。渔梁坝建于宋朝,当年它就是练江上一个重要的水利工程,不仅能保持练江的航运,而且可以引江水灌溉附近农田,对于洪水也起到一定的防范作用。渔梁坝构建之精巧,让人匪夷所思。清人吴苑在《重修渔梁坝记》中说,徽州民间"相传(渔梁)水厚则徽盛,水浅则徽耗"。因此,渔梁坝似乎一直具有特别的意义。坝的存在给渔梁增添了一道美丽的景观,斜阳西照、渔舟唱晚时,这坝看起来有一种别具一格的美,古朴有力,富有质感。实际上不仅仅是古坝,渔梁的一切都给人这样的感觉。尤其是这里的老人,他们态度安详、举止沉静,那是岁月磨砺的结果。当然,岁月也磨砺出了他们的麻木、他们的知天认命、他们的屈辱和隐忍。这些都是人生的馈赠。

当年,渔梁是新安江水路一个重要的码头,是徽州通往江浙一带的货物集散地,桅樯如林,川流不息。据说,当年渔梁的街道长达二里路,远远长于现在的小街。当年的街道也十分热闹,街道两旁都是酒店、客栈、商店,徽商等往来的客人云集于此,一派繁华兴旺的景象。当年徽州有八景,"渔梁送别"就曾被列为一景,但它指的不是当地的兴旺情景,而是指在渔梁送别自己亲人的悲伤场面。时人有诗描绘道:"欲落不落晚日黄,归雁写遍遥天长。数声渔笛起何处,孤舟下濑如龙骧。漠漠烟横溪万顷,鸦背斜阳驻余景。叩舷歌断频花风,残酒半销幽梦醒。"

这样的诗是有着丰富意象的。晚日、归雁、渔笛、孤舟、云烟、鸦背、斜阳、残酒、幽梦等,无一不是在诉说着离别的伤感。毕竟,在当时,从商不是"阳关道",只是背井离乡的"奈何桥"。

当年徽州人下江浙,既是为了谋生,同时也是因为被主流思想抛弃,一切都有悲壮的意味。这样的状况有点像是背水一战。徽州人走出去的时候,都是身背干粮,虽然没有"壮士一去兮不复还"的决然,但身负亲友的嘱托,也背负着家族的希冀,压力之大是可以想象的。

关于徽商以及徽州创造的辉煌,在这里我就不作表述了。无数书籍和文章提及了这样的过去。在徽州,可以这样说:有路的地方,就有村落;有村落的地方,就有徽商。徽商就是这样倾其所有,努力地建造自己的家园。可以说,在徽州的任何一个地方,都有着徽商的影子。而徽州的建筑、徽州的文化,乃至徽州所有的一切,都与徽商有着不可分割的联系。假如没有徽商,徽州文化就不可能这样兴旺发达。

关于徽商,相对于它的兴起,我更感兴趣的是它的没落。实际上,徽商起起伏伏的过程有太多的东西值得追寻和探索,而这样的追寻和探索往往会涉及中国文化的深层次的结构。

当年的徽州,有一首《水程捷要

歌》广为流传,它描述了沿着渔梁下新安去杭州的情况:

> 一自渔梁坝,百里至街口。
> 八十淳安县,茶园六十有。
> 九十严州府,钓台桐庐守。
> 檀梓关富阳,三浙垅江口。
> 徽郡至杭州,水程六百走。

当小船驶离渔梁后,新安江变得开阔了,两岸不断变换巨幅的风景画,炊烟袅娜,莺飞蝶舞。一阵春雨飘来,便能看到湿漉漉的青石板路和石拱桥,能看到划入梦境的乌篷船,能听到雨打在油伞上极富音乐美的节奏……这样的幻觉,在那种凄凉的氛围中,让人略感欣慰。

一江春水

从浦口往下,新安江在两岸的翠绿中娉婷流过。从浦口到街口,算是新安江最漂亮的一段了。这是一条梦境之旅,昔时所说的新安江"山水画廊",也就是指的这个地方,因为这里有水有诗有画,也经常能看到清丽的女子。因为山好水美,自古以来,肯定会和诗情画意联系在一起。最早的是谢灵运的诗,他写道:"江山共开旷,云日相照媚。景夕群物清,对玩咸可意。"诗与景相比,可谓一般。在此之后,沈约来过,李白来过,有一首诗据说是李白写的:"闻说金华渡,东连五百滩。他年一携手,摇艇入新安。"宋以后,文人雅士们来得更多了,范成大来过,苏辙、杨万里、汤显祖也来过。范成大的诗写得稍好一点:"宿云埋树黑,奔溪转山怒。东风动光彩,晃晃金钲吐。"比较而言,这样的诗才像是空谷幽兰,散发着淡雅的芳馥。

20世纪五六十年代新安江水库建成之前,这一段江面还有许多浅滩,那些浅滩一直是下新安的鬼门关。新安江水库建成之后,这一带的河流变得深邃起来，水流也变得缓慢了。水柔软绵长，一如徽州人的性格，看起来是温婉柔顺，但在骨子里，却是倔强而有主见。这一段江面原先一直过尽千帆，现在只是偶尔才有一叶孤舟划过，纯属展示水上的风景。当孤舟轻妙划过，江水泛起涟漪之时，人们不禁会为如此美妙的景致而惊叹。新安江的确是太美了。这是一条诗意的河流，会让人忘掉它所有的功能和意义，只单纯地迷恋它的美。

我们来得正是时候。春天，新安江的江面上总有一团或浓或淡的雾气，即使是阳光灿烂的日子，那一团覆盖于江面的雾气也久久不散。这样的场景，使得河流上的船只以及船的帆影，常常有一种梦幻般的感觉，仿佛它们不是漂浮在水面上,而是飘浮在云彩之上,并且将驶向的是一个神秘之地。这时候站在无人的岸边仔细听,仿佛能听到江面上传来隐约的箫声。徽州的高人隐士总是很多,他们喜欢在独自一人的时候吹起竹箫。那箫声凄清沉郁,似乎骨子里就有悲天悯人的成分,它就是用来警醒或者使人升华的。徽商在下新安的时候,也会带上箫或者竹笛,落寞的时候,就会取出来吹上一两曲。江边还会传来啼声,啼声在幽秘中更显孤单悠长,给人一种撕心裂肺的感觉。当然,这都是过去的岁月了,假如时间的相对性是因为时空的转换而形成的,那么,过去的一切其实并没有真正消失,它只是换了一个地方,我们完全可以根据自己的感觉去触摸它——这样,想象就不是一种臆度,而是真实。过去确确实实地存在着,只不过,它转移到了别处,只能借助于我们的感受而存在。

在江边,除了大片油菜花开得疯狂外,还有很多古树葳蕤茂盛。很多年前开始,它们就一直伫立在这里,目睹着"流水落花春去也"。老树都是成了精的,天地万物,它们只要瞄上一眼,就知道最终的结果。它们知道世间冷暖、人生无奈,但它们一直保持着缄默,保持着木讷。它们从不想自作聪明地发表议论,最多是在夜深人静时,面对似水年华,悄悄地掷下几声重重的喟叹。

一江春水,就这样迤逦着,向东边流去。

三　潭

沿着新安江往下走,一过南源口,就进入著名的"三潭"了。三潭,是三个地名瀹潭、漳潭、绵潭的合称,这一带是著名的"三潭枇杷"产区。三潭枇杷自古有名,宋罗愿所撰的《新安志》上就有记载。这一带新安江边山坡低缓,红白沙土,水雾缭绕,温度、湿度和土质都非常适宜枇杷生长,所产的枇杷果大肉厚、香甜爽口、细嫩多汁,闻名天下。

三潭,不仅仅是枇杷有名,景色也很迷人。新安江山水画廊中,最有名的就数这一带。新安江在这一带更加深邃,两岸的山上,密密地长满枇杷树。倘若到了5月底,枇杷成熟之际,两边数十公里的山上挂满黄澄澄的枇杷,如星斗闪烁,如玛瑙灼灼。当代诗人流沙河曾经激情四溢地写道:"浔阳琵琶三弹,歙县三潭枇杷……琵琶、枇杷,流连难返,主人忘归客不发。"

新安江在三潭一带,水流变得更加缱绻,也变得更加温柔。两岸是密不透风的绿色。沿江两岸,芦苇、蒿草、刺槐和<u>一丛丛</u>灌木交织在一起,它们一直试图用生命的本色来补偿巨大的寂寞,而野花,也不甘寂寞地开放着。旷野里有了牛羊和炊烟的影子,那些白墙黛瓦的房子隔江相望。人也好,牛也好,往往在一愣神间,新安江水就慢悠悠地滑过了,只剩下满江的惆怅在江面上如烟一样,缕缕不散。

当然,感觉最好的是有雨的日子。要是有雨,一把油纸伞撑起一方诗意的空间,四周都是绸缎一样的雨帘,那么,在氤氲的雾气中朦胧恍惚,人在新安江边,真有点不知今夕是何年的感觉了。

在这样美丽的风景中,古迹自然退居其后了。三潭并不是没有古迹,但凡来这里的人,都是来看美丽的风景,懒得去追旧怀古了。三潭的古迹因此也很少被人提及。值得一提的是三潭一带的古树。车在公路上行驶的时候,会在路边或者村落中看到一片郁郁葱葱的老树,那些老树似乎都有数百年以上,树干遒劲、枝叶茂盛。从品种上,这些古树有樟树、银杏、槐树、柳树、黄檀等。老树的存在,让人们情不自禁地变得庄重起来,内心收敛起狂妄。那些老树,绝对是有着神灵意义的,它们不仅仅有阅历,有思想,更有难以诠释的神秘。尤其是漳潭所在地的一棵古樟,堪称"徽树之王"——这棵古樟已有数千岁了,至今仍生机勃勃。它树干粗硕,枝叶繁茂,冠如伞盖,树干高达 36 米,冠荫盖地达 1800 多平方米,围长 9.5 米,需 12 个小学生手拉手才能合抱。4 根主干如 4 条蛟龙一样在空中腾舞,周围的建筑全都匍匐其下。这样的奇景,曾令前来考察的林业专家赞叹不已。

这就是三潭,是没有时间概念的三潭。当年下新安的徽州人每每在雨季穿行其间时,经常会产生一种幻觉。歙县籍诗人汪洪度写道:"渔火半明灭,海月上山背。家乡送别人,已隔青峰外。"这样的诗,说的就是这种感觉。当然,有时候船也会停下来,下新安的那些徽商会在这里买上一些枇杷带着。他们把家乡的水果揣进包裹里,一直带到目的地,不到万不得已,他们真舍不得吃。三潭的枇杷味道真好啊,哪怕只吃一个,也会满嘴生津。更何况,枇杷里还有家乡的味道,当嘴唇沾上这样的滋味时,家乡的人与景就会扑面而来,甚至时空也会变得扑朔迷离——烟雨迷蒙中,有鸢飞鱼跃;云卷云舒中,看满江美景。恍兮惚兮,梦里不知身是客。

深 渡

初春的日子里,深渡码头并没有像我想象的那样热闹。中午的码头像是也在午休似的,很长一段时间,都没有看到游轮进出。码头的尽头,可以清楚地看到江水的流向:新安江是从右手方向流过来的,而昌源河则从左手方向而来,它们就在深渡合而为一,然后,静静地流向千岛湖。

尽管天热之后游轮众多,但现在的深渡,显然已无法跟数百年前的深渡相比。当年的深渡一派熙熙攘攘的景象,一艘艘商船扬起风帆,一方方浮排架起长橹,顺着新安江排闼而下。

《四库全书》编纂者之一、戴震弟子、歙县人凌廷堪曾有诗以《深渡》为题,描述当年下新安的情景:

> 客子溪头晚放船,缓摇双桨下长川。一湾流水清见底,两岸乱峰高刺天。饷妇携筐回旧袖,村翁赛社敛青钱。香醪莫惜频沽满,今夜篷窗起醉眠。

实际上当年的深渡远没有诗中描

述的那样浪漫,凡是徽州人下新安,除了游山玩水的文人骚客之外,都视深渡为"鬼门关"。当年徽州人离开深渡,最忌讳带两样东西:一是茴香。茴香即"回乡"的谐音,在外不能出人头地,哪有颜面回故里?二是萝卜。萝卜又是"落泊"的谐音,飘零在外,落泊无为,无异于自掘坟墓。作为新安江在徽州的最后一个渡口,对于下新安的断肠人来说,深渡显然具有特别的意义——一旦富裕,深渡便是荣归故里的凯旋门;而对于落泊异乡,甚至客死他乡的新安人来说,深渡则是一面永远飘摇的招魂幡。

徽商,就这样告别深渡这个最后的关口,走向了江浙。然后,他们就像滚雪球一样,在外面滚起了一个世界。

在灯红酒绿的扬州城,在月白风清的淮安关厢,侨居异乡的徽商们对权贵飞觞传茗、暗送秋波;在莺声浪语的秦淮河,在轻歌曼舞的上海滩,徽商们在青楼里一掷千金;在滨海泻卤的两淮盐场,繁忙的大运河边,徽商们督课煎丁,催征船户;在巍峨的秦岭古道、偏僻的西南边陲,徽商们到处奔波,风餐露宿……徽商,就是在那样的时代里,演绎着丰富多彩的情景剧。如果没有徽商,很难想象会有徽州文化的繁荣——是徽商,把纯粹是乡土菜肴的徽州菜肴传扬到大江南北,并让徽菜成为"八大菜系"之一;是徽商,把江南水乡的秀丽与山区人文情态相结合,创造了韵味独特的徽派建筑;是徽商,把生活的考究和审美爱好综合在一起,形成了蜚声海内外的"三雕"艺术;是徽商,把山村小戏与昆腔发扬光大,创立了魅力无穷的徽剧,而后又包装戏班进京,促进了京剧的诞生;同样,是徽商,促进了新安理学、新安医学以及新安画派的繁荣……

没有徽商,就不会有徽州的一切。然而,没有新安江,哪里会有名噪天下的徽商呢?

波光桨声中,船只已悠然远去,连那送别的目光和想象,也一并融入了如梦的烟雨之中……从深渡再往下走,就是百里外的街口,街口过去,就是浙江地域了,是淳安县,是严子陵钓鱼台,是桐庐,是梓关和富阳……然后,就是杭州,就是苏州、扬州和上海……水就是绳索,而村落,就是绳索上的结。生生死死,命运未卜……这辛酸的六百里地啊,让徽州人走了千百年!

奔向大海

北纬 30°,东经 120°——杭州钱塘江出海口。

涛声从四面八方传过来,隐隐如九天罡风,咆哮如荒原巨兽。天空湛蓝,潮头如万群野马,巨大的浪潮在层层推进中起伏奔腾。慢慢地,浪潮越来越大,像无数条巨龙游走于惊涛巨浪之中。旌旗蔽天,白色的铠甲在阳光下反射光芒,仿佛数百万军队在进行厮杀。山峦似的巨浪终于接近海堤,如千军万马攻上了城墙,又如巨兽般高高跃起,然后,如雷霆般重重一击——随着一声巨响,巨涛被炸成碎片,幻化出七彩光芒,然后,又是第二拨、第三拨……

这就是钱塘潮,是新安江流淌了整整一生后,奔向大海的狂欢庆典。虽然现在不是钱塘潮最猛烈的时候,但此情此景,仍可以看出江与海拥抱时的壮观。江与海,在这样的撞击中,完成了彻底的交汇。这是一种真正意义上的消融,也是一次彻底的凤凰涅槃。河流同时间一样,是可以吞没和消解一切的。而她与海的拥抱,也是一种吞没与消解的过程。

一元复始,万物归一。在江海交汇之处,新安江完成了她生命中的一次大循环。这是地理意义上的,是文化意义上的,更是哲学意义上的。新安江不仅是一条有生命的河流,而且在她整个生命过程中,她还创造着生命、哺育着生命。河水一路向前,两岸繁花似锦,这就是新安江创造和哺育的生命;人们在水上航行,在两边的陌上行走,这就是路。

河流是人类文明的摇篮,是人类生存的动脉;而文明,同样具有河流般的意义。

在休宁县采访的时候,我们与记者出身的县委书记胡宁进行了详谈。对于徽州文化,对于新安江,胡宁似乎有很多话要说。在谈话中,胡宁提及最多的一个问题就是河流文化与海洋文化的关系。海洋文化的宽广度,她的深厚性,都是远远超过河流文化的。百川归海,在现代化的背景之下,河流文化如何应对海洋文化的冲击,又如何融入和补充海洋文化,是摆在当代中国人面前的一个问题。身为内陆山区的县委书记,胡宁对于这两种文化撞击过程中的表现,看得很多,感受很深,也有着独特而深邃的见解。20世纪90年代末,休宁县曾将原先黄村的一幢普通旧式徽州民宅"荫馀堂"迁徙到美国波士顿塞勒姆市,架起了中美文化合作交流的桥梁,其引起的轰动的程度不亚于大熊猫的赴美。2003年,时任县委书记的胡宁曾专程赶到美国,参加美国波士顿皮博迪·埃塞克斯博物馆中国馆这幢徽州民居的落成典礼,并发表演讲。那一天,中国驻美大使和世界级华人大提琴家马友友也专程赶到波士顿,参加这一落成仪式。无数美国人正是通过这样一幢徽州民居,认识了中国,认识了中国文化,也认识了中国古代的高度文明。但这样的举动同样引起了诸多争议。争议的核心在于,我们该如何对待自己的历史?又该如何对待自己的文化遗产?

关于河流文化以及海洋文化,80多年前,梁启超在阐述中国历史时曾经有一个观点,他认为中国历史可分为三大段落:一是"中国之中国",即从与古埃及文明同时期的黄帝时代到秦始皇统一中国,完成了中国的自我认定;二是"亚洲之中国",从秦朝到乾隆末年,即 18 世纪结束,中国与外部的征战和沟通基本上局限于亚洲,中国领悟了亚洲范围内的自己;三是 19 世纪至 20 世纪,以被动挨打为起点,渐渐知道了世界,以及中国在世界上的地位。这样的说法,应该是很正确的。确切的情况是,在前两个阶段,中国文化尚未显示出自己的短处,并且还有一定的优势;而在后一个阶段,文化中的软肋完全显现出来。这样的情况,使得中国在很长一段时间内无所适从。

客观地说,与浩瀚的海洋文化相比,黄河文明所代表的中华文化,是具有很多优点的。最起码,5000 年的历史证明了我们的河流文化经得起时间考验。

　　历史总是无情的。河流文化在与海洋文化撞击的过程中,肯定会付出相应的代价——原来的文化必定在某种程度上遭受抛弃和冷落,间或掺杂着暴力和掠夺。人类文明的历史,一直就是在不断超越中获得进步,在残酷无情中获得升华。这一点就像孵小鸡,小鸡要成长,就必须破壳而出;也像蚕,最后一定有一个破茧成蛾的过程。与此同时,在这种规律性的文化转移下,昔日良好的心态被打破,人们同文化一道开始迷失——一个钟鸣鼎食的望族,往往会堕落成破落子弟;而当年文化的出发点和根据地,很可能成为一个无人理会的废墟。

令人欣慰的是，工业革命带来了生产力的突飞猛进，也因此，现代社会积累了巨大的财富，让人变得衣食无虞。这一点是河流文明在牺牲的过程中最大的欣慰。在沿着新安江顺流而下的过程中，我感受最深的是，越到下游，财富的积累就越多。尤其是到了富春江和钱塘江一带，我们可以清晰地感受到社会发展的日新月异，感受到财富的滚滚热浪。这一带的整体发展状况逼近发达国家了。发达国家需要数百年完成的积累，我们只用了短短几十年。无论从哪个角度来说，财富的积累对人类的发展都算是一件好事，假如没有财富的积累，所有的世外桃源都会是一句空话。和谐社会必须建立在物质极大丰富的基础上，只有人人拥有财富,人与人之间才会拥有松弛与和谐。

但社会的发展同样会带来某种负面效应,按照现在社会的发展趋势,我们又极可能陷入另一种困境——文化源头越来越模糊,古典精神荡然无存,人们像无根之树一样随风摇摆。物质和欲望侵蚀着人的灵魂,人们变得越来越愚钝;金钱如洪水一样,没过人的头顶……这样的结果本身就是一个深刻的悖论,也形成了一种倒转——人类是为了逃离愚昧和野蛮走向文明,但在走向文明的过程当中,那种扑面而来的现代之风却在更多的时候将人们异化,让人们成为钢筋水泥似的冷血动物,成为某一种电脑程序或芯片。现实无疑是残酷的,并且更为残酷的是,这个世界从此将没有回头路了——我们不可能回到过去,那些诗情画意的岁月,连同那些莽荒的岁月一样,早就弃我们而去。就如同现在的徽州,不可能回到过去的徽州。我们只能向前,向前。

现在,我们仍漫步在新安江岸边。从钱塘江逆流而上回到徽州,我们又有一种回归源头的快乐和惬意。离开城市,清澈的江水以及两岸秀丽的田园风光让我们重新变得放松。回过头来看,我们又觉得徽州文化乃至中华文明还是有相当的韧性和智慧的,也有很多的可取之处,它最强大的力量在于它的普及以及深入人心。这种广阔的内在力量使得它在暂处衰势时会隐匿自保、清高自慰,而一旦云开日出,便会变得百川连注、气吞万里。千百年来,中国文化给这个民族的科学、文化、观念形态、行为方式带来了很多正面和负面的影响,也一直在迅速变化的近代生活和科学道路上行进着,蹒跚而艰难。正因如此,更有必要向中国文化的血管里注入新的东西,在保存自己文化优点的同时,认真研究和注意吸取像德国抽象思辨那种惊人的深刻力量、英美经验论传统中的知性清晰和不惑精神、俄罗斯民族忧郁深沉的超越要求等,使中国文化在更高的层次上重新构建,这是一件极有意义的事情。一个国家的真正崛起,最终还是建立在这个民族的性格和心智上升与拓展的前提下。

"一切将再次变得宏大而强盛,大

海涌起波纹,陆地平展开阔,树大高耸,墙篱低矮……"在行走新安江的过程中,不知怎的,我想起了里尔克的一首诗。也许,用里尔克的这些诗句来形容这个时代的任重道远是最为贴切的了。迎迓着从远古吹来的清新之风,在新安江边,我的思绪有时候会豁然洞开,文明从来是不能被割裂的,也无法蹚出一条新路来,它必须建立在前人努力的基础上,假如历史上那些先贤大哲能够苏醒过来并且莅临现代社会,或许,他们会对社会和人类的走向有一些感慨和喟叹。毕竟,社会的发展是无是无非的,现在社会的发展,早已超越了他们的理想和期盼。在这样的情况下,一种借助于自然和社会规律,凭着自己的内在精神和公正之心所进行的力所能及的判断,是极其有意义的。

大江东去,带走的是历史和时间。在这个世界上,人类一直清醒而混沌地生活着。就现实而言,人类文明史远没有达到能被爽然解读并且有确切答案的程度。也因此,所有的文化都可以说是在时间河流岸边的徒叹和点缀。从根本意义上来说,所有的文明形式都是没有隔阂的,中华文明能不能在 21 世纪复兴,关键点在于能不能借助于他山之石,修复并且完善自己。也就是说,中华文化留给自己的空间有多大,"容"有多大,它给世界的惊喜就有多大。

也许,这样的结论,就是我们行走新安江所写就的最大的问号和惊叹。

徽州的年

徽州的雪是静谧的,它总是悄无声息地到来——进入深秋之后,往往上午还是阳光灿烂,中午天便突然阴下来,然后就开始飘雪了。先是如细细的绒毛一样,之后便如纸屑,最后便成了鹅毛大雪。大雪有时候一下就是三天三夜,雪淹没了路,封了山,让徽州的每一个村落都成了独立的童话王国。龟缩在老房子的天井里看雪,那可真叫一个苍茫啊!——仿佛全世界的雪,都会从这个入口落下来,填满整个屋子。好在那些雪花进了屋子之后,在触及冰冷的花岗岩之后,有的便融化了,有的则堆积得老高。在很多时候,雪让徽州的一切变得至简,成为只有黑白色的世界。冬天简化了徽州的颜色,将徽州的五彩斑斓变成深褐色,而雪,又让深褐色变成了彻底的黑。除了白就是黑,这样的感觉至纯至简,如新安画派的笔法,如黄宾虹的画,也如刀刻出的版画。

雪天里格外受到垂青的,是火。凡有火的地方,皆有温暖;有温暖的地方,皆有人群。一直到现在,徽州乡野里仍留存着很多传统的取暖工具:火桶、火箕、火篮……火篮是可以随身带的,外面是精致的竹编,里面是铁皮做的盛火的"碗",炭火上是一层浅浅的灰。我小时候就是带着这样的火篮上学的,现在的徽州山里孩子仍是这样,做作业的时候放在脚下,听课的时候便拿上来烘烘手。闲暇了,还可以摸出点黄豆和花生,放在"百雀羚"的空铁盒中,埋进炭火里。过一段时间后打开,那花生和黄豆真是一个香啊!香气弥漫在整个糊着塑料膜的教室,弄得老师和学生一个个心神不定、心猿意马。

　　雪来了,年就来了。伴随而来的,是一系列年货的准备。割糖,也就是做糖点,是每家每户必须的。糖点的种类挺多,有炒米糖、花生糖、芝麻糖、稻花糖等。我们家通常是母亲将做糖的原料冻米(用糯米蒸制而成)、花生、芝麻、白糖等准备好,然后由父亲挑到做糖的人家,称一称,排上队,再交上加工费。年前割糖人家往往是通宵达旦地替人加工,炒花生的炒花生,轧糖的轧糖。这当中最有意思的工序就是熬糖稀了——用一口很大的锅将白糖什么的倒进去,然后咕咕嘟嘟地熬成稠稠的糖稀,又加入干桂花什么的。糖作坊里散发着一种诱人的甜香味,悠悠地飘得很远,仿佛从古老岁月一直延续到未来似的。炒米糖、芝麻糖什么的做完之后,一般是先晾干,然后整齐地放在特制的铁皮箱中,盖严实,不漏气。这样,整个春节期间的零食和点心都准备好了，徽州人甚至整个春夏都把这个当作最重要的零食了。

徽州年货中有特色的还有腊八豆腐。腊八豆腐的制作很有意思，在老豆腐上直接抹上盐，然后放在太阳下暴晒，一直晒到豆腐至少缩小一半，变得黑黑硬硬的为止。腊八豆腐这时候的感觉有点像豆干，但比豆干更天然，口味也更好。干了的腊八豆腐用水泡软之后，用刀切成丝，跟火腿丝、香菇丝、木耳丝放在一起炒，那是绝味。年糕也是家家户户必备的冬令粮食——将糯米蒸熟后，放在石具中打成稀烂，然后用各种各样的楠木模具做成型。这个模具本身就是艺术，上面精细地刻着各种各样的图案，有"福禄寿"的字样，有戏文图案，属于"徽州三雕"中的木雕。在模具上刻上图案后,放在蒸笼里,下面加上柴根烧,因为柴根烧起来火旺,蒸年糕与煮粽子一样,需要大火和烈火。对于年糕,从小到大我一直不感兴趣,徽州的年糕太糯,在我的感觉里,它不仅粘在我的上下牙齿上,似乎连眼皮也无形中粘上了,我一吃年糕就变得昏昏欲睡。除了腊八豆腐、年糕什么的之外,徽州人的圆子和五香茶叶蛋什么的,也颇有特色:徽州曾经殷富,尽管后来破落,不过贵族气犹存,徽州人家端出来的基本都是肉圆子,很少像江淮之间流行糯米圆子、藕圆子之类。那样的圆子,让徽州人十分瞧不上呢!哪有圆子如此假冒伪劣的呢?圆圆满满,非得货真价实才是!至于五香茶叶蛋,似乎只有老人煮起来才好吃,一凭耐心,二凭寂寞,三凭工夫——老宅微暗的火光之中,一坛茶叶蛋能煮个三天三夜,老人伫立在炭火边上,安静肃穆,像魔法师一样神秘幽远,仿佛能将岁月的味道和人生的惆怅一并填进去。印象至深的是我外婆煮的茶叶蛋,剥开后放入口中,鲜美生动得能直接激起肠胃的欲望,像足球一样快速滚进球门。

徽菜是中国历史上的八大菜系之一,以重油、重色、重火功为特色。不过,我觉得徽菜最适合冬天吃,尤其是下雪天吃:陈年火腿煨冬笋,那是冬天的绝唱,像交响乐的第三乐章,高潮时的"云蒸霞蔚";炒三冬,将冬笋、冬菇、冬木耳放在一起,像是田园风格的奏鸣曲;至于当家菜炭火煨鸡汤,则带点中国戏剧意味,就像是"贵妃出浴"的粗俗版——肥硕的母鸡就是杨贵妃,淹没在金黄的汤池里,上面漂一层金灿灿的黄油,就像是洗浴用的菊花瓣。喝鸡汤之前,用筷子头掀开油皮,就像掀开贵妃的浴巾,有一种腾云驾雾的感觉。想吃野味怎么办?很简单,雪天里到处都是仓皇的野兔。带上猎枪更好,如果没有猎枪,邀些人在山坡的雪地里围个圈,突然一声大喊,野兔们便吓得没命地跑。野兔腿脚前短后长,擅长爬山,上坡是跑不过它的,要顺着山往下撵。一撵,野兔急了就抱着头石头一般往下滚,然后摔得头晕目眩,只要对着它的脑袋来上一棒就可以拎回家剥皮烹饪。烧野味最好是用咸菜,用咸菜红烧野兔,那叫一个香啊,能让天上的灶王爷流下口水。当然,要说堂皇壮观的徽菜,肯定数胡适一品锅了。这是真正的徽州火锅,只是因为名人胡适爱吃,所以就以"胡适"命名了。火锅不是一般的锅,而是又大又深的生铁锅,下面放着炭炉。铁锅的最下面铺一层干豇豆;往上一层,是泡得很嫩的干毛竹笋;然后,是一层又一层——一层豆腐果、一层蛋饺、一层冬笋……而最上面,是一层五花肉以及肉圆子。一品锅的层次,可以酌情而定,一般是七层,有的甚至一直可以放到十八层。等到文火煨三四个小时香气四溢之后,连炉子带锅一并端上来。然后,搓着手掌掀开重重的木头锅盖,只见雾霭重重金花四溢——这是十八层地狱吗?不,这是十八层美食天堂!

　　雪中的徽州就是这样富有生趣。当然,让人眼睛一亮的是春联,在红色的映衬下,都是一笔好字啊!徽州上千年的古风,都在这一笔春联字上了。这哪里是春联?分明就是书法大赛,是魏碑、柳体、欧体、王体、米体、赵体、苏体、黄体联展。远看近看,上看下看,那些春联都隐隐地写着五个字——无梦到徽州。

徽州的鲜

徽菜以烹饪山珍为主,至于"鲜",也就是河鲜,大多隐藏在山珍之后作为陪衬。仔细琢磨,其实徽州的鲜,也是值得书写一番的。

现在徽州"鲜"里最有名气的是臭鳜鱼。关于臭鳜鱼的来历,据说是退隐徽州的富商大贾想吃长江里的鳜鱼,便让人去江边买来挑回。因为路途遥远,鳜鱼又属离水即死的野鱼,所以每每鳜鱼到了徽州后都发臭变腐了。可即使发臭变腐了,徽州人也不舍得扔掉,便以重色重油重味烹饪,没想到烹饪出来的鳜鱼别有一番风味。于是,臭鳜鱼这一道菜应运而生。臭鳜鱼的好,在于鱼肉紧实口感好,还在于鳜鱼经腌制味道变得格外鲜,还隐约透着一股木桶的香气。这当中的原因可能在于微生物,很多东西霉变之后,仿佛脱胎换骨,变得格外鲜美,比如黄酒,比如酱油,等等。臭鳜鱼应该也是同样的道理。这样一来,盛夏之中往徽州挑鱼便变得无所顾忌了,那些挑夫喜欢用木质水桶挑鱼,放一层鳜鱼,码一层盐,然后在赤日炎炎下上路。到徽州正好三四天时间,鲜鳜鱼变成了臭鳜鱼,正好让那些老饕解馋了。后来,人们开始尝试做臭鳜鱼,方法有二:一是用水法腌制,方法是将鳜鱼一层层放于木桶中,按"斤水钱盐",即一斤水一钱盐的比例配制,以将鱼完全浸没为度,上面再压一些石块,每天将桶中的鱼翻动一次。冬天,需浸上二十天到一个月;夏天,浸五六天即可出桶。二是将粗盐拌花椒炒熟后,擦抹于每条鱼的鱼身和两鳃,上面再压一些石块,每天将鱼翻动一次,腌制时间同样是冬长夏短。无论是水腌还是干腌,都以出桶的鱼鳃色变红,鱼鳞未脱为标准。至于臭鳜鱼的烧制方式,跟烧其他鱼并无太大区别。

凡有好水,皆有好鱼。徽州的水

好,的确是其他地方难以望其项背的。水至清则无鱼,这是说清水中鱼难长,但长出来的,必定肉嫩味美。徽州的河流中,一般遍布大大小小的石头,这些石头的下面,通常都躲藏着甲鱼,因为水清澈,流速也快,河流中的甲鱼很难长得很大,通常只能长到碗口或马蹄般大小。我小时候知道县里的三溪乡有一个人异常会抓老鳖——家里来客人了,他先是招呼客人坐下,泡上茶,然后便提着一根小铁叉去河滩抓老鳖去了。他的方法很简单:沿着河水浅处的沙滩往上走,若见到细沙地里有两处向外冒着水泡,咕咕嘟嘟的,那便是老鳖了——老鳖狡猾地把自己埋在沙里,两个鼻孔却向外透着气。他便从容走过去,用铁叉对着冒气的地方叉下,或者干脆不用铁叉,只用两个手指死死摁住,扳过来,便见到肉嘟嘟的白肚皮了。也不多抓,提着一两只甲鱼回来招待客人就行。徽州有一道著名的菜,叫"清炖马蹄鳖",用的就是产自清水河的甲鱼。这甲鱼大小似马蹄,腹底无淤泥,剖开无积油,肉厚香浓无腥味,长得也秀秀气气的,远胜那些产自池塘的丑家伙。具体烹饪法:用鸡汤做佐汤,用砂锅盛装,将甲鱼放入其中,再加入带骨头的火腿肉,先用大火烧开,然后小火煨个把小时。值得一提的是,这一道清炖马蹄鳖除了加入少量的姜、葱、黄酒、盐,以及少量冰糖提鲜,不放任何作料。这样的鲜,是一种上等的原汁原味,不带任何人工修饰,带有自然和山水的灵性和真味的。

徽州甲鱼好吃,徽州山涧溪流里的石鸡比甲鱼还好吃。石鸡不是鸡也不是鱼,是一种蛙,体形较牛蛙小,跟青蛙差不多,只是表皮颜色较深,呈深褐色,嘴巴也较青蛙和牛蛙尖,呈三角形。因为长在山涧的冷水之中,吃虫和小鱼小虾长大,所以石鸡的味道比青蛙更细嫩鲜美。逮石鸡一般是在夏天的夜晚,赤着脚穿着草鞋,背着竹篓,一手执长柄的丝编网罩,一手执强光手电筒,顺着山涧涉水而上。在夏夜的月色之下,石鸡喜欢伏在山涧的石头上纳凉,见到强光射来,往往会伏身一动不动。你只要蹑手蹑脚地上前,尽量不发出大的响动,用手或者网罩将它捉住即可。当然,如果涉水的声音过大,电筒偏移了目标,石鸡也会恍过神来扑通一声跳进水里。我老家的好朋友朱先明就是逮石鸡的高手。那些年的夏天,他隔三岔五就去大山深处的山涧之中捉石鸡。在他看来,捉石鸡与其说考验技术,不如说是考验胆量。试想,独自一人半夜三更进入大山深处,跋山涉水,那真是非得胆量过人才行。捉石鸡最要紧的是防蛇,石鸡往往与蛇伴存,很多石鸡都跟蛇住在一个洞穴里,捉石鸡时,一定要警惕蛇的突然袭击。朱先明真是捉石鸡的高手,他一般一晚可以捉个三五斤,有时候还能更多。当然,这都是很多年前的事了,现在石鸡越来越少,即使是在最热的夏天,夜晚出来晒月光的石鸡也所剩无几了。现在很多石鸡都是养殖的,不过即使是养殖的,味道也比牛蛙之类的好很多。石鸡可以清蒸,可以红烧,也可以加入几片火腿炖汤。石鸡就是典型的怎么烧都好吃的东西,肉吃起来又鲜又嫩,肉质很细,并且有弹性,骨节呈白色的球状。烧石鸡千万不要加乱七八糟的作料,仅佐以姜两片、蒜若干,外加火腿两片、黄酒一樽,在锅中爆炒一下即可。好的食材,一般不需要加高汤或者其他作料,否则便是暴殄天物。李渔曾说"从来至美之物,皆利于孤行",就是这个意思。

徽州山涧和小溪中还有一种石斑鱼,味道也极鲜美。这种鱼不大,只有食指般粗细长短,身体两边各有几道褐色的斑纹。石斑鱼浮沉于山涧的沙石中,饮着山泉水,吃着浮游生物,生长缓慢。石斑鱼无论是红烧、清蒸、油炸还是做汤,都不失为一道佳肴。夏日的午后,在院落的大樟树之下纳凉,伴着头顶上的蝉鸣,这时如果来上一盘红烧石斑鱼,呷上二两白酒,慢慢地剔着骨头,细细地咂摸品味,回忆着陈年往事,那真是神仙般的生活。除了石斑鱼,徽州的小河小溪里还有一些好吃的鱼,比如柳条鱼,又比如鲳鱼等。以前徽州的鲫鱼,一般都是半斤以下,很少有现在菜市经常卖的那种一斤甚至一斤多的鲫鱼。现在的鲫鱼哪里像鲫鱼,都越来越像鲤鱼了!我们少年时都把鲫鱼叫作"鲫鱼壳",可能是指鲫鱼只是一个架子,味鲜但肉少。不过,清水的鲫鱼颜色白,味美肉嫩,虽然刺多肉少,也不失为一道鲜味。鲫鱼的做法有很多,常见的是将小鲫鱼用葱、姜、盐、醋、酱稍腌下,下油锅炸酥,凉凉后连刺带肉一起嚼,是一道下酒的好菜。小鲫鱼煨汤,也是常见的吃法:先将小鲫鱼两边煎黄,加入水和盐,稍稍放点猪油,或者放入点萝卜丝进去,煨出的汤奶白奶白的,最后撒上点葱花,算是荤汤中的上品。俗话说:"冬鲫夏鲤",意思是冬天要吃鲫鱼,夏天要吃鲤鱼。这是有道理的。冬天的鲫鱼肉紧,尤其是脊背一带的肉,厚实有形,筷子一夹成块状,口感非常好。至于"夏鲤",是指夏初的鲤鱼正值产卵期,体内积蓄了很多营养成分,身体肥硕而结实,肉的味道也鲜美,其中以婺源当地产的荷包红鲤鱼最为著名。这种鱼色泽鲜红、头小尾短、身高体宽、腹圆肥厚,形似荷包。婺源有一道名菜,叫"清焖荷包鲤",具体做法很简单:用重约一公斤的荷包红鲤鱼一尾,留鳞剖腹洗净后,两侧切柳叶花刀,用盐润身,加荤油、米酒、姜片少许,放香菇几朵,在锅中焖,焖熟后起锅,加葱花上席。这种不烧,不熘,不烤,而以焖的方式来烹制的做法,的确很是别致。清焖后的荷包鲤鱼色红醇香、肉嫩汤鲜,的确不同凡响。江河的各种鱼虾都是不一样的,做河鲜,最不能大蒸大煮,而是要根据各自的特点"量身打造",把它们的鲜味慢慢调出来。要不怎么说"治大国如烹小鲜"呢?必得顺其自然,才能寻到烹鲜正道。

徽州的鲜美还有冷水鱼。所谓"冷水鱼",就是生长在冷水中的鱼,指的是长年长在山涧溪水、河流深潭中的鱼。这些鱼冬吃雪花夏饮山泉,不知有汉无论魏晋,特别能耐得住饥饿和寂寞,因而是生命力极其旺盛的鱼。当然,纯粹的冷水野生大鱼现在已很少了,现在新安江的源头六股尖一带,有人以源头的溪水导入,掘深潭放入鱼苗养殖。由于这地方的水温长年在10℃以下,有的甚至达到5℃左右,生长在如此冷水中的鱼,长得特别缓慢。据说冷水鱼一年只能长到半斤左右,只是一般鱼生长速度的三分之一。鱼的特征也明显:脊背漆黑,游起来安静有力,像潜水艇沉浮于水中。水至清,鱼又长得慢,可以想象冷水鱼味道的鲜美了。冷水鱼下锅之后,肉呈黑灰色,吃起来肉之中有大量胶质,细腻腴滑有嚼劲,香味极其浓郁。若是煮汤,鱼肉爽嫩润口,汤汁也呈奶白色,舌尖稍沾,便觉得口齿芬芳,腋下生风,手臂仿佛要变成翅膀。

有人说冷水鱼吃多了,不用学就会游泳,而且游得飞快。我喜欢这样的玩笑话,幽默、风趣、乐观,又有想象力。

徽商与狮子头

2001年,我参加一个"重走徽商路"的活动,沿着当年徽州人下新安的路径,从新安江顺江而下,一路经过浙江金华、杭州,又北上至上海、苏州、扬州,探寻徽商的旧迹和遗址。在扬州,我穿行于古巷之中,寻觅徽商当年的足迹和气息。明清两朝的扬州见证了徽商的辉煌、徽商的最高成就。陈去病在《五石脂》一书中说："徽州人在扬州最早，考其年代，当在明中叶，故扬州之盛，实徽商开之，扬州盖徽商殖民地也。故徽郡大姓，扬州莫不有之。"

当年的徽商在扬州都做了些什么呢？其实无非两件事：一是赚钱，二是消费。扬州是因为大运河而成为东南经济中心的，两淮盐场是当时中国最大的产盐基地，管理两淮盐政的最高机构两淮都转运盐使司也设在这里。这样，全国各地的盐商都驻扎在这里，徽商也不例外。徽州人扶老携幼一路吃着霉干菜烧饼、黄豆饼，到了这里之后，通过乡里乡亲的关系，获得了盐引，也就是拿得了盐业许可证，然后把盐运到全国各地去卖。在扬州,兢兢业业的徽商很快就赚了个盆满钵满。清乾隆年间,徽商处于鼎盛时期,有人估计扬州徽商的资本为七八千万两,相当于当时的国库存银。

日子一晃就过去了,到了扬州之后,经过一段时间的打拼,那些慢慢变得富足的徽州人开始不愿意再吃那些烧饼豆饼了,他们更乐意融入当地的饮食文化,"早晨皮包水,晚上水包皮",一个个"食不厌精,脍不厌细"。《扬州画舫录》中记述了扬州一些好吃的东西:田雁门的走炸鸡,江郑堂的十样猪头,施胖子的梨丝炒肉,汪南溪的拌鲟鳇,汪银山的没骨鱼,管大的鳖鱼糊涂和骨董汤,小山和尚的马鞍桥,张四回子的全羊等。这些特色菜肴,都是在扬州的徽商经常享用的。当然,徽州人最喜欢的就是"扬州三头"了,也就是蟹黄狮子头、扒烧整猪头、拆烩鲢鱼头。其中最出名的是蟹黄狮子头。什么是蟹黄狮子头?其实就是大肉圆子加蟹黄。这一道菜做法极精细:将猪的肋条肉斜切成细条,再切成细丁,继而分别粗剁成石榴子状,再混到一起剁匀;随后,将蟹中的肉挑出,放入猪肉中;加入剁细的姜、葱及盐、糖、酱油、味精、料酒、胡椒粉、鸡蛋、生粉等各种调料,在钵中搅拌,直至"上劲"为止;最后,搓成大肉圆子放在油锅里炸,不能让肉圆散碎,圆子圆子,唯求圆满,哪怕裂了一点缝也不行。大肉圆子炸至金黄色时捞出,放入碟内。若正值螃蟹上市,将蟹黄放至狮子头顶端,加酱油、料酒、上汤、姜、葱,隔水蒸约一小时。然后,加入伴菜,可以是菜心,也可以是河蚌;可以是芽笋,也可以是鲫鱼。至于拆烩鲢鱼头,一般要取八斤以上的大鲢鱼,这样斤两的鱼,唇边的肉比甲鱼的裙边还要肥嫩,鱼脑肥而不腻,口感极其浓郁。至于扒烧猪头,主要是以冰糖为作料,讲究小火慢炖,能将猪头炖得酥烂脱骨不失形。据说当年扬州烧扒烧猪头最好的,是五亭桥边法海寺的和尚。法海寺的和尚烧猪头肉也怪:将猪头肉切成东坡肉一样大小的肉块,放进口小聚气的尿壶里,加进各种作料和适量的水,用木塞将壶口塞紧,然后用铁丝将尿壶吊起来,下面用蜡烛燃起火慢慢地焖。这样的情景,分明是和尚"偷着吃肉"场景的再现,"赏着吃"不如"偷着吃",看来的确如此。"扬州八怪"之一的歙县籍画家罗聘,在吃了法海寺老和尚烧的猪头肉后提笔写道:"初打春雷第一声,雨后春笋玉淋淋。买来配烧花猪头,不问厨娘问老僧。"朱自清在《扬州的夏日》中,对夏天在法海寺挥汗吃猪头肉一事也是难以忘怀。

比起江湖河鲜,徽州人对其他肉食更钟爱一些。徽州山中之水矿物质多,碱性大,这使得徽州人腹中少油,也更讲究饮食上的实惠。《扬州画舫录》中记载了一个故事:一个穷书生与一个徽商家的丫鬟好上了。有一天,徽商不在家,丫鬟便将书生私自带到主人家,给这个书生炒了一盘徽商经常吃的菜,名字叫作"韭黄炒肉丝"。这肉丝选的是十头猪的面首肉,即猪下巴上的肉,又嫩又鲜。书生从没有吃过这么美妙的菜肴,结果将自己的舌头都吞进去了。这个故事虽有杜撰的嫌疑,不过从故事中可以看到当年徽商的挥金如土。关于扬州盐商包括徽商的生活奢侈到什么程度,曾国藩的弟子薛福成在《庸庵笔记》里是这样说的:"凡饮食、衣服、车马、玩好之类,莫不斗奇竞巧,务极奢侈。即以宴席言之,一豆腐者,而有二十余种;一猪肉也,而有五十余种。"这些盐商哪里是在吃东西啊?分明是在找刺激,吃黄金和白银!吴敬梓在《儒林外史》中写到的扬州大盐商万雪斋勤劳致富后,过起了奢侈生活:讨了很多小老婆,将冬虫夏草当作菜来吃。有一次,万雪斋的第七个小老婆生病,万雪斋花了三百两银子买了一味中药雪蛤蟆给小老婆吃。

扬州的个园,是盐商黄至筠修建的。这个黄至筠,祖籍也是徽州。黄至筠有钱,对生活也讲究,他吃的蛋炒饭,庖人开价每份五十两纹银,其饭粒粒粒完整,蛋黄均匀地包裹米粒,称为"金裹银"。他还喜欢喝鱼汤,这鱼汤不是一般的鱼汤,取鲫鱼舌、鲢鱼脑、鲤鱼白、斑鱼肝、黄鱼膘、鲨鱼翅、鳖鱼裙、鳝鱼血、乌鱼片和鳊鱼鳍共同熬成,美其名曰"百鱼汤"。黄应泰还喜欢吃老家的竹笋,喜欢吃竹笋烧肉。竹笋一般地方的可不行啊,必须得黄山的竹笋烧肉最鲜美,但是竹笋必须就地掘取,即时煮食才行,稍有延误便失去真味。黄家于是专门制作了一种炊具,形如担子,两端各置锅炉,从黄山到扬州,沿途十里一站,令夫役守候。事先派专人到黄山,掘笋切肉,置于焖钵中,下面燃烧炭,由夫役担于肩上,快步如飞,十里一换,等到了扬州,笋肉已熟。从这点看,你说盐商生活得讲究不讲究?那是真讲究,近乎极致了!有钱没地方用,只好"烧包"了。

徽商不仅讲究正餐,对面点和小吃也异常讲究。扬州有一个"八珍面",这面条非常讲究,用农家土鸡、长江里的刀鱼、太湖的白虾这三种主料去皮剁成糜,在日光下晒干,再加上鲜笋、香蕈、芝麻、花椒这四样辅料,同样捣成碎末,然后一起放进面粉中,再加上和面用的鲜汁,凑起来正好是八种。八珍面的要求很高:"鸡鱼之肉,务取其精,稍带肥腻者弗用,以面性见油即散,擀不成片,切不成丝故也。……鲜汁不用煮肉之汤,而用笋、蕈、虾汁者,亦以忌油故耳。"这样高质量高标准做出的面条,味道当然可想而知。《扬州画舫录》这样说:"城内食肆多附于面馆,面有大连、中碗、重二之分。冬用满汤,谓之大连;夏用半汤,谓之过桥。面有浇头,以长鱼、鸡、猪为三鲜。"徽商想吃好的,厨子就给他做好的,蟹黄包子、蟹黄干丝等应运而生。不仅如此,由于徽商的喜好,还有很多徽州风味的食品融入了扬州的街市:扬州的小吃中,有一种叫作"徽州饼",这饼是用面粉揉出来做成的馅饼,馅心有干菜、韭菜、萝卜丝、南瓜、果仁、火腿、肉丝等,不是油煎出来的,而是炕出来的。这个煎和炕还真不一样:煎的东西放的油多,做出来比较硬;炕的东西则软,还香,所以更好吃。乾隆初年,徽州人于河在扬州下街卖松毛包子,店名为"徽包店"。店主人仿照徽州岩寺镇徐履安鱼排面的做法,以鲭鱼做浇头……扬州一带的淮扬菜,在很多方面与徽菜是相似的,比如说它的选料严格、主料突出、注重本味、讲究火功等,重火候、重油色、不甜不腻等等,似乎与徽菜有几分相似,又与邻近的苏沪菜不同,同样可以从中看出徽商的影子。

黄山的茶

童年里记忆最深的事之一就是爬黄山了。那是 20 世纪 70 年代初期,我家在旌德,离黄山只有 60 公里。当时县城里的文化生活极其贫乏,除了看电影之外,似乎外出看风景的最佳去处就是黄山了。我第一次去黄山的时候只有 7 岁,那时的黄山还是"养在深闺人未识",人特别少,上山的路也特别难走。年幼的我走到一半就挪不动步了。父亲没有办法,只好背着我走台阶。好不容易到了云谷寺,我们实在走不动了,又饥又渴,只好向寺院的老和尚买水喝。现在想来,那一壶茶算是我这一生喝到的最好的茶了,茶色青青,如一条线一样落在腹中,落入了,灵魂也归来似的。然后,老和尚很耐心地向我们解释黄山的景点,说着"奇松、怪石、云海、温泉"什么的。那个老和尚瘦小,清癯,嗫嚅着一口很难懂的话。我父亲说他曾经是国民党部队的一个将军,后来起义了,再后来又出家了。也不知道真实情况究竟如何。他在云谷寺里卖着茶水,好像要五毛钱一杯吧,在那个时候,这应该是一个很高的价格。我后来明白,我在云谷寺喝的茶如此好喝的原因,一方面是茶好,产于黄山之中,几近于野生;另一方面是水好,那时没有自来水,只有黄山的山泉水。用这样的水泡这样的茶,焉能不让人口齿留香、肝脑清明?

但那时我已经注意到了黄山有一种独特的味道。是一种清香,好像是松树的清香,又好像不是,是黄山所有美景之香,弥漫在空气里。我后来想,以这样的澄明异香入茶,茶的味道,便怎么也差不了吧?

好山好水有好茶,这一句,可以说是茶中的至理。徽州地处北纬 30°左右,山势巍峨,水流蜿蜒,云雾缭绕,加上土质性酸,绝对是产茶的好地方。

因此,老徽州所属的六县一市,加上周边的泾县、宁国、旌德、石台等县(市),都产一些上等的好茶。尤其是黄山一带,得山水之至灵,方圆数十里的地方,更有多种好茶:太平猴魁、黄山毛峰、金山时雨、滴水香、天山真香等等。这些,都是上天赐给黄山的好礼。曾有专家论证道:黄山山脉、天目山脉和武夷山脉是中国三大茶叶产区。外国的贸易商人经多年研究发现,凡是黄山山脉出的绿茶,第一泡泡沫都特别白,而且特别厚,这就是他们辨别黄山茶的方式。这个说法绝对有道理。

黄山一带名气最大的、跟黄山名字联系最紧的,无疑是黄山毛峰了。关于黄山毛峰,最普遍的说法是,用烧开的黄山泉水倒进黄山毛峰,只见一团云雾缓缓上升,最上端会开出一朵莲花。《黄山志》记载:"莲花庵旁,就石缝养茶,多轻香冷韵,袭人断腭。"这记载的,应该是最早的黄山毛峰了吧?黄山毛峰的产地在黄山以及附近一带,主要分布在桃花峰的云谷寺、松谷庵、吊桥庵、慈光阁及半山寺周围。这里山高林密,日照短,云雾多,自然条件十分优越,茶树得云雾之滋润,无寒暑之侵袭,蕴成良好的品质。一般采摘于清明之前,选摘肥壮嫩芽,手工炒制,茶状酷似雀舌,绿中泛黄,银毫显露,带有金黄色鱼叶(俗称"黄金片")。20世纪70年代,诗人田间尚健在时,每年都要我父亲帮他买几斤上等的黄山毛峰给寄去。我父亲便找当时黄山管理处的朋友,买来真正的毛峰,装在铁皮桶里寄去。有时候,我父亲会顺便买个半斤自己尝尝。那个时候的毛峰真是好,茶叶放入杯中之后,开水一冲下,茶叶根根站立,举起"两刀一枪",杯口立即有一股清香氤氲而出,仿佛黄山云雾萦绕,茶的汤色也清碧微黄,极似青葱的黄山融入水中。黄山毛峰的好,在于茶叶中有一种清新脱俗的味道,近似于黄山松针,也近似于黄山雨雾,甚至近似于黄山的一草一木、一花一叶。茶叶是一个很神奇的东西,它最大的特点在于能吸附天地的灵气,吸附花草虫鱼的味道,包含其中,最后加以释放。它不仅有实的成分,还有虚的成分,仿佛山川神鬼附诸此。关于黄山毛峰,明代的《随见录》中说:"松萝茶近称紫霞山者为佳,又有南源、北源名色。其松萝真品殊不易得。黄山绝顶有云雾茶,别有风味,超出松萝之外。"这"云雾茶",应该是早期黄山毛峰中的极品。

相比黄山毛峰,我更喜欢的,是太平猴魁。这是因为太平猴魁更香,也更禁泡,尤对"中年茶鬼"的胃口。也的确这样,比较起黄山毛峰的清纯和淡雅,太平猴魁更像是久经历练的中年人。现在我从合肥回旌德老家,沿合铜黄高速到甘棠镇站下来,必定要经过太平猴魁的主产区新区乡。这一带山环水绕,云蒸雾绕,除一条公路通向山外,极其封闭。每次我经过这里,都要想的是,这到底是怎样一个地方,竟产出如此上品的茶叶!太平猴魁的生产地首先是土壤条件好,是风化的页岩,这也暗合了《茶经》里说的茶"上者生烂石、中者生砾壤、下者生黄土"的论断。茶园里除了成行的茶树,也有一些野生树木和野兰。茶园里植被形成的小的生态环境的丰富度对茶的品质影响很大。在所有绿茶中,猴魁最奇怪——叶子奇长,采摘时间相对也晚,每年的4月20日前后才能开采。猴魁不仅长相古怪,而且产量稀少。并且,猴魁要生长在阴坡的山谷里才算好,而且要有一定海拔高度——但是又不能太高。重要的是,种植面积不能太大,周围有松林、竹林为上,"那样猴魁独特的清气才能出现"。太平猴魁的工艺也很独特:它采摘的不是茶尖,而是5到10厘米的整个茶叶枝,采摘后一般用纱布裹着,一枝一枝地进行压迫,然后一根一根地排列整齐放进锅里烤。这样做出来的太平猴魁外形两叶抱芽,扁平挺直,自然舒展,白毫隐伏,有"猴魁两头尖,不散不翘不卷边"之称。据说上等的猴魁一般能达到10厘米左右长短,每一根猴魁根部,能看到一根纤细的红线,具有很强的神秘性。又据说上等猴魁冲泡的最佳剂量是13枝,如此汤色才能显得不浓不淡、清绿明澈,在阴暗处看绿得发乌,阳光下更是绿得好看,绝无微黄的颜色。这一点,与毛峰等其他绿茶不一样。至于茶的滋味,太平猴魁虽然汤色醇郁,但绝不涩嘴,有一种很清新明朗的香气。它的香气和味道不是沉郁下降的,而是明朗高爽、甘甜久远的。这一点,只要细细地品尝过几次之后,舌根上就能带有清晰的记忆。

除了黄山毛峰和太平猴魁之外,黄山方圆几十公里还有绩溪的金山时雨、歙县的滴水香以及旌德的天山真香等。旌德的天山真香也是毛峰做法,主产地在黄山脚下的旌德县祥云乡,这里与天都峰的直线距离只在10公里之内。同样是山高水环,同样是云雾笼罩,茶树生长在海拔400至700米的深山幽谷之中。天山真香的外形挺直略扁,色泽翠绿,汤色浅绿清明,有一种独特的浓郁的香气。虽然与黄山毛峰的产地接近,但绩溪的金山时雨的做法与黄山毛峰却绝不相同。看起来,它更有一种手工茶的感觉,最大的特色在于,它被手工搓得如丝线一般纤细,开水一冲下去,杯口会有浓雾升腾。金山时雨产自绩溪上庄镇的金山,创名于清道光年间,原名"金山茗雾"。清代末年,金山时雨就由上海"汪裕泰茶庄"独家经销,据说胡适当年最喜爱喝的,就是这种绿茶。

黄山南麓的歙县大谷运,也是一个产好茶的地方。当年名噪一时的屯绿的集中产区,就是歙县的大谷运区。徽州有不少资深的茶客,不喜欢喝毛尖的黄山毛峰,他们嫌茶味寡淡,不过瘾。对他们胃口的,就是产自大谷运的屯绿,手搓茶,味道重。大谷运的茶叶品牌,最著名的就是滴水香了,这是大谷运人汪自力到上海后创建的一个品牌,在全国销量很大。大谷运还生产另外一种独特的茶,叫"黄山绿牡丹",它是谷雨前采摘一芽二叶的壮实鲜叶,经严格挑拣、高温杀菌后,用消毒后的棉线穿成花朵状。这工艺十分考究,每朵"茶花"约需60个长短一致的茶叶,要求每片茶叶无红梗红蒂、无爆点、无焦边茶条。泡茶时,只要将一朵茶簇放入茶杯,倒入开水,一两分钟后,茶盏中即有一朵盛开的"绿牡丹",芽叶完整,色泽翠绿,峰毫显露,香气清高持久。这绿牡丹不仅味道醇正、余味幽远,着实也有观赏的价值。

黄山还有野茶,《昭代丛书》中记载:"吾乡天都有抹山茶,茶生石间,非人力所能培植。味淡香清,足称仙品。采之甚难,不可多得。"这个抹山茶,说的就是黄山的野茶。因为有很多野茶树生长在悬崖峭壁上,似乎只有老鹰才能到达,所以当地人称"老鹰茶"。春夏之交的时候,也有当地人会攀缘而上进行采摘,然后制作成茶。我曾喝过这种野茶,茶味极重,较苦涩,有腥香。不过一口浓郁的苦涩下去,随之而来的是源源不断的甘甜。野茶最大的特点在于它浑然天成,它的味道,着实就是天地的味道。

黄山一带的茶之所以堪称极品,应该跟黄山附近的土质有关。这一带土壤多为风化的沙石土,能促进茶树根须的生长。在这种状态下生长的茶树,树根极为遒劲,能扎得很深,能吸取土地中的精华以茂枝叶果实。至于长在岩石丛中的茶树,就更可想而知了。与此同理的,还有葡萄和咖啡,像波尔图葡萄生长的土壤,也是岩石和沙土。当然,黄山一带的海拔和纬度,以及仙境一般的植被和云雾,也是黄山茶能成超一流茶的充分条件。仙境一样的地方,自然有不同凡响的"仙草",这是毋庸置疑的。

绿衣仙子入凡尘

唐代之前,茶主要限于药用、解渴、解酒、祭祀、养生等。间或有当饮品的,都是乱喝一气,如牛饮般粗放。唐宋之后,茶正式成为饮品,有初定的茶道和规矩,不过制作以蒸烘为主:先制成片茶、团茶和饼茶,待饮用时,将固形茶碾成碎末,放于火上烘烤,再将细末放入釜中煮开,加入芝麻、黄豆、盐、香料等饮用。这样的方式,跟现在湘西的擂茶有些相似,与其说是喝茶,不如说是吃茶,像吃马奶子茶之类。宋时饮茶不再烘烤加料,是将团茶、饼茶碾成粉末置于碗中,注汤点饮,因而产生分茶、斗茶等富有技巧和趣味的品鉴游戏。到了明清之后,茶叶的制作出现了"革命",茶叶采摘后直接烘烤,然后泡发饮用。茶不再是吃,是呷,以一种简单便捷的方式延续至今天。

以茶的习性和味道,自古以来,茶叶较少用来吃,不过菜肴中会以一些茶叶做点缀。最典型的,算是杭帮菜龙井虾仁了:将泡开过的龙井少许,与剥好的虾仁一起爆炒,白色的虾仁,搭配着少许绿色,如同美玉搭配翡翠。这道菜中,虾仁是主要的,龙井是帮衬,是清雅的点缀。杭州有西湖,也有龙井,当地人以西湖自豪,也以龙井自傲,因此,即使是生拉硬拽,也喜欢将龙井拉入菜肴之中。以龙井入菜的,还有龙井茶熏河鳝、龙井蛤蜊汤等。龙井茶熏河鳝的做法是:将新鲜的鳝鱼去骨,拌入生姜、葱、盐、糖、鸡精腌制五分钟后,加入龙井茶、米饭、香叶等,混在一起熏熟。这一道菜的特色在于有淡淡茶香,鳝鱼鲜嫩爽滑,绝无腥气。至于龙井蛤蜊汤,是先将蛤蜊煮到张开,再倒入事先泡好的茶汤,加适量盐、味精等调料即可。"山珍海味"一相逢,便胜却人间无数。我还吃过一道龙井大排:将一汤匙龙井茶叶包在纱布里,放入锅中与大排骨一起焖烧,加入酱油、料酒、味精、白糖等调料,先大火后小火,一两个小时后,烧成的大排肉质酥松细嫩、异香四溢。茶叶与菜肴相得益彰的,还有碧螺鱼片、旗枪鲍鱼、雀舌炒蛋、云雾石鸡、五香茶叶蛋等,不过这些菜肴,说是吃茶味,倒不如说是为沾龙井碧螺春的灵气,让菜肴本身更具趣味。

乌龙和铁观音系列,以茶入菜的典范是名菜白毫猴头扣肉:将白毫乌龙茶叶用开水泡开,取茶汤备用;将素火腿、猴头菇分别煎至香味溢出,将素火腿摆放在碗中央,猴头菇排两旁;将霉干菜洗净、切碎、炒香,加入泡好的茶汤和酱油、糖、姜末,炒至入味,倒入碗中,上笼蒸四十分钟,取出扣入盘中;用炒锅把辣油、面粉炒香,加入剩下的茶汤和盐、白醋、糖、淀粉,勾兑成芡汁淋在盘中,青菜心烫好后围边即可。这道菜色香味俱全,乌龙茶的作用,就是为菜肴提香。另一道名菜铁观音炖鸭,在此菜里茶的作用要大得多:在大茶壶中放入铁观音茶叶,开水冲泡,滗去水后复加水,把浓郁的茶汁注入砂锅内;再将洗净的鸭子去头去足切成块后放入锅中,加入洗净去内皮的栗子仁,再加入作料黑枣、冰糖、酱油及清水,上火慢炖至鸭肉能用筷子轻松插入即可。起锅时,再撒些铁观音茶末以增加香气。铁观音炖鸭的特点是香气荤蔬相杂,如阴阳鱼一般盘旋缭绕。味道是勾心的,香气是勾魂的,被这样的香气围绕,食客们自然会食欲大开。

红茶同样可以入菜。最有名的是红茶蒸鲈鱼：先用花雕酒将鱼的全身涂抹后装盘，撒入上好的红茶末，再倒入调制好的美极鲜酱油、红椒丝、姜丝和葱段，用旺火蒸十分钟即可上桌。这道菜颜色唯美、鱼色泛红，蒸过的鲈鱼会像红色的鲤鱼一样看起来喜气洋洋，浓香诱人。

近年来讲究生态烹饪，因为用茶入菜格外雅致，所以越发变得时兴起来。比如大热天吃饭，会先上一道青山绿水做汤点：在煮好的冰糖水中放入新鲜的苦丁茶、杭白菊、枸杞子，再放入煮熟的汤圆，这一道与其说是菜，不如说是时尚的欢颜。如果嫌这样的开口汤太素，可以上一道清茶功夫乳鸽汤:先将乳鸽炖好,再将茶汤调入鸽汤中,做好后将它灌入放少量茶叶的紫砂壶中,分给每一个食客。这样的开口汤,说是喝汤也行,说是喝茶也行,荤中有素,素中有荤。海宁是金庸先生的家乡,当地有人独创一道"洪七公猪尾"很有名:先将猪尾过油,然后将炸过的铁观音茶叶与猪尾一同入锅翻炒,以茶叶的清香来搭配猪尾的韧劲,一荤一素,妙趣横生。洪七公是《射雕英雄传》中的人物,丐帮中的老大。别以为丐帮中的人物品位就差,他们吃千家饭百家菜,见多识广,对菜肴的好坏更有鉴别力。这一点就像济公,济公吃鸡,那是非得嫩酥无比才会吃的,一般的鸡,他都不会瞅上一瞅。

皖南人也常以茶入菜,形式和内

容大同小异,比较有名的,是毛峰虾仁、金雀舌、顶谷鱼片、雀舌烤鸡、祁红甜豆等。金雀舌的做法并不复杂:将黄山毛峰上品雀舌泡开后立即捞起,裹鸡蛋糊,每两三片并在一起,掷入芝麻油锅炸至金黄色,撒入花椒盐拌一拌即可。这道菜色泽金黄,茶尖如雀舌,香酥咸鲜微涩。比较而言,当年宣州敬亭山宾馆有一道菜敬亭绿雪,倒是有些名气:将敬亭绿雪茶叶泡开后,在其茶叶初展、翠绿显露时捞起沥干,用 10 克干淀粉撒拌均匀,下入五成热的油锅里炸半分钟左右,见茶叶浮起呈暗绿色即迅速捞起控油,堆放在盘子中央。另取 10 个荸荠削皮切成细丝,拌少许干淀粉后下六成热的油锅里炸成嫩黄色后同样沥油,然后围镶在茶叶周围。上桌之前,在茶松顶端放绵白糖一勺,上桌后让客人自行将糖、茶松、荸荠丝拌匀。菜成之后,白绿相间,香甜可口,是异于其他菜肴的"别味"。

金雀舌和敬亭绿雪都是皖南绿茶中的极品,以我的观点来看,以寻常的茶叶做菜肴也罢了,以这样的极品茶叶做菜肴,实在是"暴殄天物"。酒与菜,哪能与极品茶相比呢?美茶入菜,更像是绿衣仙子入凡尘,在胡吃海喝的宴席上强作欢颜。在皖南,对于这样的不知好歹,有一种谚语形容得恰到好处,叫"乌龟吃大麦"。